걸 남들이 보지 못하 … 23 결혼식 이후에는 웨딩드레스를 입지 말지니 24 … 25 어지럽히지 말지니 26 고급식기는 특 … 지니 27 당신의 이상한 점은 꼭꼭 숨겨놔야 할지니 28 낚시배에 바나나를 갖고 타지 말지니 29 메일함의 읽기 전 메일 숫자를 0으로 유지해야 할지니 30 침대에서 배우자와 자리를 바꾸지 말지니 31 항상 조심해야 할지니 32 아이들과 고3 학생만 커다란 숫자 옆에서 유치한 사진을 찍을 수 있을지니 33 땡땡이치지 말지니 34 복지혜택이 있는 직업을 가져야 하느니 35 공공장소에서는 잠옷을 입지 말지니 36 아이 얼굴에 그림 그리지 말지니 37 우스꽝스럽게 행동하면 안 될지니 38 자고 난 뒤 이불을 꼭 정리해야 하느니 39 다른 사람의 생각에 신경 써야 할지니 40 허락을 기다려야 할지니 ☆ 마지막으로…… ☆ 혼자 가지 말지니 ☆ 옮긴이의 글 • 부록1 팩트는 이렇다 • 부록2 어른병 진단 • 부록3 어른병 자가진단 테스트 • 부록4 어른병 진단 결과

너무 일찍 어른이 될 필요는 없어!

PENGUINS CAN'T FLY

너무 일찍 어른이 될 필요는 없어!

무기력하고, 우울하고, 힘겨운 일상을 재미있게 탈출하는 40가지 방법

트로이목마
TROJAN HORSE

너무 일찍 어른이 될 필요는 없어!

초판 1쇄 발행일 2017년 1월 31일

지은이 제이슨 코테키
옮긴이 홍윤희
펴낸이 박창흠

펴낸곳 트로이목마
출판신고 2015년 6월 29일 제315-2015-000044호
주소 서울시 강서구 양천로 344 대방디엠시티 B동 449호
전화번호 070-8724-0701
팩스번호 070-8724-0701
이메일 trojanhorsebook@gmail.com

ISBN 979-11-87440-18-5 (03800)

 이 도서의 국립중앙도서관 출판시도서목록(CIP)은 e-CIP 홈페이지(http://nl.go.kr/ecip)와 국가자료공동목록시스템(http://nl.go.kr/kolisnet)에서 이용하실 수 있습니다.(CIP제어번호: CIP2017000550)

* 책값은 뒤표지에 있습니다.
* 잘못된 책은 구입하신 곳에서 바꾸어 드립니다.

for mAry

메리에게

IT'S TIME
TO DREAM
BIGGER
더 큰 꿈을 꿀 시간이야!

Following the RULES is an **EXCELLENT** way to fit in and avoid being questioned, laughed at, or scorned.

But it's not a particularly effective way of living an **AMAZING** story.

조직에 적응하고, 질문세례나 비웃음, 시기 질투를 피할 수 있는 훌륭한 방법은 규칙을 준수하는 것이다.
그러나 이는 어메이징 스토리가 가득한 삶을 살아가기에는 특별히 효과적인 방법이 아니다.

kotecki

캘리포니아 주 프레스노에서는 시립공원에 있는 도마뱀을 성가시게 하면 안 된다.(법적으로 문제가 발생한다.)

인디애나 주 엘크하트에서는, 이발사가 아이 귀를 잘라버린다며 위협하는 것은 불법이다.

뉴욕에서는, 여성이 바깥에서 민소매 차림으로 다닐 수 있다. 다만 그 차림을 상업적 목적으로 사용하지 않는다는 전제조건 하에서만.

추적하기는 어렵지만 미국에는 연방, 주, 시 단위의 법령이 수십만 개는 될 것이고 항상 새로운 법안이 상정되고 있다. 여기에는 학교, 기업 단위의 규율은 포함조차 하지 않은 것이다.

재미있게도, 이 모든 법령과 규칙이 존재함에도 불구하고, 우리가 가장 열심히 매달리는 법령이나 규칙은 바로 실제로 존재하지 않는 것들이다.

디저트를 밥보다 먼저 먹으면 안 된다.

양말 두 짝은 항상 맞춰 신어야 한다.

어른이면 "어른답게 행동해야" 한다.

대부분의 사람들은 우리가 있지도 않는 규칙대로 살아가고 있다는 점을 잘 인정하지 않는다. 언뜻 생각하면, 그런 규칙을 단 한 가지라도 생각해내는 것조차 쉽지 않다. 하지만 그런 규칙들을 쉽게 알아챌 수 있다면 애초에 그런 규칙대로 살아가고 있지도 않을 것이다.(당연하겠지!) 어떻게 그게 가능할까. 이런 규칙은 슬금슬금 기어들어오는데다 잠재의식 안에 있기 때문이다.

이런 규칙들은 붙박이처럼 오랜 시간 반복하고 습관화되는 동안 강화되기 때문에 마치 정상적인 것처럼 느껴진다. 습관은 통념, 즉 관습적인 지혜(conventional wisdom)라는 가면을 쓰기도 하는데 이는 위험하다. 작가 마크 스티븐스Mark Stevens는 이렇게 경고했다.

"규칙은 지혜(wisdom)가 아니라 그저 관습(convention)일 뿐이다. 관습 중 상당수는 그저 과거부터 그렇게 해왔기 때문에 예전 방식대로 하자고 귀결되는 것뿐이다."

살아가는 동안, 인생의 첫 스타트를 끊을 때부터, 우리는 당초 존재하지도 않는 규칙 세례를 받게 된다.

이런 '규칙' 모음은 아주 다양한 곳으로부터 나온다. 친구, 초등학교 1학년 선생님, 부모님, 조부모님, 정치인, 책에 나오는 위인들, 심지어는 코팅팬 만드는 공장보다 더 많은 실리콘을 자랑스럽게 내보이며, 트렌드에 앞서간다고 자부하는 젊은 인기스타까지도 이런 규칙의 원천이다. 어떻게 해야 성공하나, 어떻게 해야 인기인이 되나, 공부를 잘하려면 어떻게 하나, 어떻게 하면 수영할 때 쥐가 나지 않을까 등등. 답을 찾기 위해 우리는 이들의 조언에 귀를 기울인다.

이런 규칙을 (때로 잠재의식 속에서) 지키는 이유는 뭘까. 그 속을 들여다보면, 적절하지 않거나 미신이거나 완전 어리석은 이유까지 다양하다.

어떤 규칙은 실용적인 이유 때문에 만들어진다. 그 규칙이 처음에 만들어졌을 때의 이유가 더 이상 적절하지 않은 경우에도 규칙은 살아남는다. 예를 들어 컴퓨터 자판에 알파벳이 뒤죽박죽 섞여 있는 이유는 글자도 모르는 술주정뱅이가 만들었기 때문이 아니다. 오히려 그 반대다. 1875년, 사람들로부터 자판맨이라고 불리던 크리스토퍼 숄스 Christopher Sholes는 발명품인 타이프라이터의 문제점을 발견했다. 자판을 치는 사람이 너무 빨리 작업하면 자판이 서로 붙어버리는 문제였다. 어떻게 해야 자판이 안 붙을까 고심하던 끝에 숄스는 차선책으로 자판 치는 사람이 자판을 빨리 치지 못하도록 해야겠다고 결심했다. 그래서 숄스는 가장 많이 쓰는 알파벳이 서로 흩어져 있도록 과학적으로 알파벳을 분산해 배치했다. 이제는, 자판이 서로 붙는다는 고민은 1984년 이래 계속 잠만 잔 사람이 아니고는 할 수 없는 문제다. 그러나 쿼티(QWERTY)자판은 아마 앞으로도 영원히 바뀌지 않을 것 같다.

내가 이 주제에 흥미가 붙어갈 즈음 나는 아내 킴과 함께 '대탈출계획'을 위한 첫 번째 여정을 막 시작했다. 그리고 우리는 한 음식점에서 일하는 종업원을 거의 폭발 직전에까지 이르게 만들었다. 킴은 수년간 금과옥조처럼 지켜온 '규칙'인, '디저트를 처음에 먹으면 안 된다'는 규칙을 깨보려고 올리브가든(패밀리레스토랑 체인)에서 초콜릿 라자냐를 첫 코스로 시켰다.(이 부분에 대해서는 나중에 더 얘기하겠다.)

이 사건 이후 얼마 지나지 않아 나는 존재하지도 않는 규칙이 너무 많다는 것을 깨닫게 됐다. 또한 그런 규칙을 일부러 깨는 많은 사람들에게 영향도 받게 됐다.

자, 존재하지 않는 이런 규칙에 쉽게 집착하려고 하는 우리의 이런 성향을 상당히 좋아하는 무언가가 있다.

그 무언가는 바로 '어른병(Adultitis)'이다.

어른병은 사람들을 좀비처럼 만들고 흑사병처럼 전염 속도가 빨랐던 질병조차도 우습게 보일 만큼 무시무시한 질환이다.

공식적으로, '어른병'은 21세~121세 사이의 인간에게
흔히 발생하며, 주요 증상으로는 만성적 멍청함,
가벼운 우울증, 중간 수준~상당히 심각한 수준의 스트레스,
변화에 대한 일반적인 두려움이 있다.
극단적인 경우에는 웃음 능력을 상실하기도 한다.
어른병 환자는 목표가 없어 보이며, 매사 불만족하며
많은 것에 대해 조바심을 내는 것처럼 보일 수 있다.
발병 후 병을 악화시키는 요인으로는 고지서 더미,
감당하지 못할 수준의 책임, 지루한 업무 등이 있다.
일반적으로 이 병에 걸린 환자와
함께 있으면 즐겁지 않다.

이 책 뒷부분 부록에서 이 끔찍한 질환에 대한 더 자세한 정보와,
이 질환을 자가진단할 수 있는 테스트와 확산을 막기 위한 방법에 대한 정보를 제공한다.

{ 규칙을
다 지키다보면
재미를
다 놓치게 된다. }

— 캐서린 헵번Katharine Hepburn —

아주 오랫동안 의학계는 어른병의 존재를 모르고 있었는데, 무엇보다도 이 질환에 대한 진단을 내리고 환자를 치료해야 할 당사자들 대부분이 어른병 환자였기 때문이다. 이런 현상 때문에 이들 전문가들조차 판단력이 흐려진데다 최악의 경우 어른병이 존재하는지조차 부인하게 됐다.

그러나 어른병은 분명 존재한다. 어른병이 발병하면 생활이 깨지고 지루해지며 감동 없는 삶을 살게 된다.

어른병에 대한 가장 효과적인 초기 대처법은
존재하지 않는 규칙을 발견해 깨뜨려나가는 것이다.

왜냐하면, 소위 말하는 존재하지도 않는 규칙을 지키는 것은 당신의 인생이 '엿같다'는 점을 확실하게 만드는 아주 좋은 방법이기 때문이다.

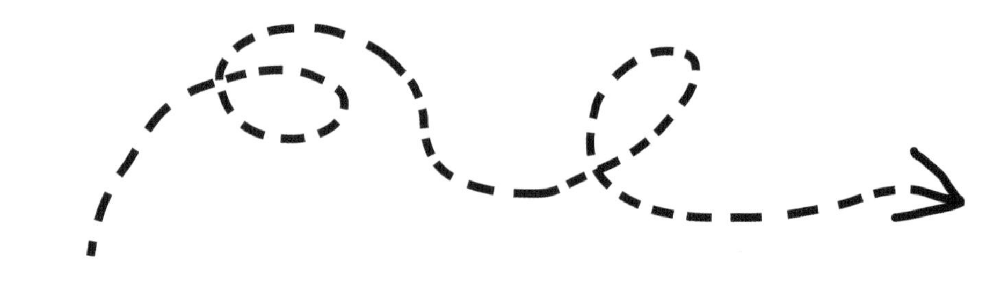

이것은 우리 딸 루시가

초콜릿과 알록달록한 토핑이 뿌려진

도넛을 먹고 난 후의 모습이다.

나는 어떤 어른도 이렇게 도넛을 먹는 걸 본 적이 없다. 확실히 루시는 도넛을 먹는 적절한 방법을 잘 모른다. 아직은. '루시에게 가르쳐야 할 것이 하나 더 늘었구나.' 이 사진을 넘기며 했던 생각이다.

하지만 재미있지 않은가.

이렇게 먹는다고 해서 도넛 경찰이라도 출동해 문을 부수고 "도넛 잘못 먹었음!"이란 이유로 도넛 섭취 자격증을 박탈하는 것은 아니니까.

나는 가끔 강연을 나가면 청중들에게 실제 존재하지는 않지만 지키고 있는 규칙의 예가 무엇이 있겠느냐고 묻곤 한다. 그런데 손들고 이렇게 말하는 사람을 한 번도 본 적이 없다.

"저기요. 저도 왜 이러는지는 모르겠는데요. 저는 사실 도넛 위의 토핑만 먹고 싶은데도 도넛을 다 먹어요."

하지만 이런 사람들은 실제 존재한다. 어쩌면 당신이 그런 사람일지도 모른다.

이런 답을 하는 대신, 청중들 사이에는 그저 침묵만이 흐르는 경우가 많다. 사람들은 존재하지 않는 규칙을 찾아내는 것조차 힘들어한다. 우리가 규칙대로 살고 있다는 것조차 인지하지 못하기 때문이다. 자질구레한 규칙이 우리 일상의 아주 작은 부분까지 옭아매고 있다는 증거다.

이 책에서는 그러한 규칙 40개만 사례로 들었지만, 루시가 먹고 남긴 도넛을 보며 나는 이런 규칙이 어쩌면 수백만 개도 넘지 않을까 하는 생각이 들었다.

바라건대, 이 책이 다음과 같이 말하는 사람들로부터 스스로를 지켜야 한다는 생각이 들게 하는 가이드가 되길 바란다.

"디저트를 먼저 먹으면 안 돼."

"양말은 양쪽을 맞춰 신어야지."

"도넛 먹는 방법은 정해져 있어."

아울러 이 책이 여러분의 삶 속에서 세워놨던 규칙을 깨는 촉매제가 되기를 바라며, 스스로가 더 나은 삶의 스토리를 만들어가는 동시에 어른병을 타파할 수 있는 계기가 되었으면 한다.

어른병에 반대하지 말라는 법도 세상에는 없으니 말이다.

shine
on.

반짝거리세요!

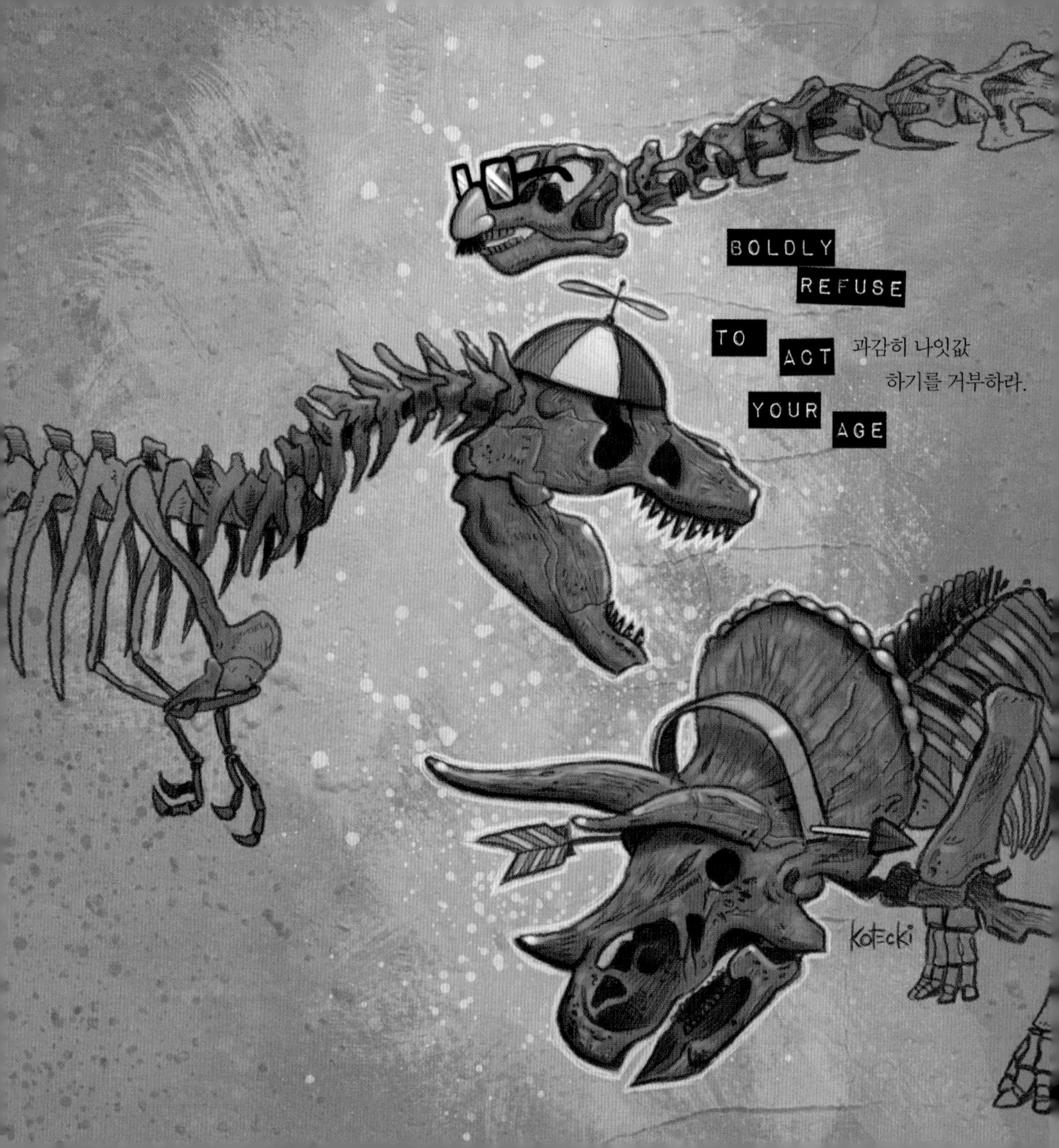
BOLDLY
REFUSE
TO
ACT
YOUR
AGE
과감히 나잇값
하기를 거부하라.
Kotecki

1

나잇값을 하여야 하느니

존재하지도 않는 규칙 중에 아마도 가장 널리 퍼져 있는 인식은 '나잇값을 해야 한다'는 것이다. 짐작하건대 이 경구는, 남편이 미식축구 TV 중계를 보면서 자기 신발을 TV에 던지는 것을 우연히 본 아내가 만들었거나, 종이를 씹어서 공처럼 만들어 교실에서 던지는 학생들에게 진절머리 난 고등학교 선생님이 만들었을 것 같다.

모든 규칙이 그렇듯이 이 규칙에도 상식적인 핵심 메시지가 있다. 이 경우에는 "바보 같은 행동 좀 그만해, 이 얼간아!"이다.

이 규칙의 문제점은 논리적으로 생각하는 순간 규칙 자체가 무너진다는 것이다. 흔히들 얘기하는 것처럼, "나잇값 하라는 말이 뭔지 모르겠어. 내가 지금 이 나이가 되어본 적이 있어 봤어야" 말이지. 게다가 어느 나이에는 이렇게 행동하라는 것을 구체적으로 정확하게 알려주는 책 같은 것도 본 적이 없다. 예를 들어, 37세에서 38세가 되면 어떤 행동을 버려야 하는 것일까? 내가 65세가 되면, 자동난방조절장치를 섭씨 38도로 갑자기 올린다든지, 오후 4시에 이른 저녁을 먹거나 요즘 애들이 바지 입고 다니는 꼴이 한심하다며 불평하기 시작해야 하는 것일까?

확실히, 이 규칙에는 진짜 문제가 있다.

설상가상으로, 이 규칙의 경우 경계선을 훌쩍 넘어 사람들을 어른병의 사슬로 꽁꽁 묶어버린다. '나잇값' 하기 위해 아이처럼 보이는 그 어떤 행동이나 태도도 모두 버리게 되는데, 이는 마치 "목욕물 버리려다 아기까지 같이 버린다."는 서양 속담과도 같은 것이다. 웃음이 적어지고, 특히 실없는 농담에는 더더욱 웃음기가 사라진다. '진지한' 사안에만 집중하는 동안 스트레스도 더 많이 받게 된다. 낙관을 갖게 되는 대신 '현실적'(이라고 쓰고 사실 인정하기는 싫지만 비관적)으로 변해간다.

안타까운 일이다.

우리가 그토록 버리고 싶어 하는 무엇인가가 사실은 우리가 너무나 간절하게 갈구하는 삶을 선물로 줄 수도 있기 때문이다. 모험, 열정, 의미와 재미가 있는 삶 말이다.

네 살 아이들이 하루에 평균 400번 웃는데 반해 어른들은 15번 정도밖에 웃지 않는다고 하니…….

이 통계는 출처나 정확도는 확실하지 않지만, 아이와 어른들이 하루 동안 웃는 횟수에는 엄청난 차이가 난다는 것쯤은 충분히 알 수 있다.

당신은 몇 살의 나잇값을 하고 싶은가?

아마 당신은 이렇게 생각하고 있을지도 모른다.

"내가 네 살이면 하루에 400번 웃는 게 어렵지 않겠지, 이 똑똑병 환자 같으니라고! 그때는 직장도 안 다녔고, 공과금 낼 필요도 없었고, 딸린 자식도 없었거든!"

먼저, 나를 똑똑하다고 생각해줘서 감사하다. 하지만 진심으로, 당신과 논쟁할 생각은 없다. 아이 때보다 어른인 우리가 스트레스도 더 받고 책임도 더 많이 져야 하는 것은 사실이다. 그러므로 나쁜 소식은 당신이 어른이라는 것 그 자체이다. 좋은 소식은 그것이 무얼 의미하는지 당신이 스스로 결정할 수 있다는 것이다.

강속구로 유명했던 미국 메이저리그 투수인 사첼 페이지Satchel Paige가 던지는 질문이다.

"만약 당신이 지금 몇 살인지 모른다면, 몇 살이 되고 싶은가?"

지금 행복하지 않거나, 지치거나, 스트레스를 받고 있거나, 지겹거나, 모험 따위는 없다고 느껴지거나, 그 이외 부정적인 감정이 든다면 이와는 전혀 반대 방향으로 행동해볼 것을 제안한다. 더 행복해지려면, 더 행복하게 행동해보자. 더 모험적인 삶을 살고 싶다면, 더욱 모험적으로 행동해보자.

과감히
나의 값
하기를
거부하라.

— 윌리엄 제임스William James —

철학자이자 심리학자인 윌리엄 제임스는 이렇게 말한 바 있다.

"느낌이 있은 후 행동이 그 뒤를 따르는 것 같지만, 사실 행동과 느낌은 함께 가는 것이다. 그러므로 좀더 직접적으로 의지의 지배 하에 있는 행동을 규제하게 되면, 느낌 자체는 의지의 직접적 지배를 받지 않음에도 불구하고 간접적으로 느낌도 규제할 수 있게 되는 것이다."

실제로, 당신답게 행동하여 새로운 사고방식을 만들어가는 것이 생각을 통해 새로운 행동방식을 만들어가는 것보다는 수월하다.

지금부터 나잇값대로 행동하기보다는 당신이 되고 싶어 하는 사람처럼 행동해보자.

선 안에만 색칠할지어다

아마 당신은 크레용을 쥘 수 있을 만한 나이가 됐을 때부터 선 안에 색칠하라고 가르침을 받아 왔을 것이다.

계속 선 안에 색칠을 잘 하면, 칭찬 세례와 함께 장래 화가가 될 소질이 있다며 선생님과 부모님들이 마구 띄워줬을 것이다. 만약 계속 선 바깥에 색칠을 했다면? 글쎄, 어떻게 되었을지는 굳이 논하지 말자.

당신이 선 안에 색칠하는 기술을 습득하자마자, 색깔 선택이 적절한지 확인해야 했을 것이다. 하늘엔 파란색, 나무에는 초록색… 기타 등등 말이다.

연막일 뿐이다. 이렇게 한다고 진정한 아티스트로서의 위치가 굳건해지지는 않는다. (사실, 그렇게 하면 아티스트가 되는 것과는 정반대 방향으로 가게 된다.) 실제로 이런 가르침은 순응하는 방법을 당신에게 교육하는 것일 뿐이다.

순응은 정부가 시민에게, 공장이 작업노동자에게, 교사가 학생들에게 원하는 목표다. 순응한다는 것은 법을 지키고, 할 일을 하고, 시험 답안지에 답을 적는 것을 뜻한다. 질문을 많이 하는 것과는 거리가 멀다. (아예 질문을 안 하는 게 이상적이다.) 불행하게도, 현재 세상에서 정부는 너무 비대해졌고 공장들은 문을 닫고 있으며, 졸업장은 그 어느 때보다도 값어치가 없다.

선 안에 색칠하는 능력은 아이들의 섬세한 손근육 발달 과정을 보는 데는 좋은 테스트가 된다. 문제는 어릴 때 선 안에 색칠하는 성향이 강화되면 그것이 우리 무의식에 깊숙이 뿌리박히게 된다는 것이다. 우리 중 상당수가 이러한 성향을 일평생 갖고 살게 된다.

이러한 성향은 이미 좋은 조건의 안정적인 직업을 갖고 있는 상황에서, 위험하긴 하지만 당신이 꿈꾸어왔던 직업을 택해야 할지 말지 반문하게 만든다. 당신이 꿈꾸어온 환상적인 아이디어를 실현하려고 행동으로 옮길 때 주저하게 만든다. 지시로부터 멀리 떨어지지 못하도록 하며 사회의 현 상태로부터 멀리 벗어나지 못하게 한다.

지금 운전하는 자동차 색상을 보자. 1909년 헨리 포드Henry Ford는 "이제 고객들은 자신이 원하는 어떤 색의 자동차라도 가질 수 있습니다. 단, 자동차가 검정색이라면 말이죠."라고 말했다. 정확히 100년 뒤인 2009년 기준으로 가장 인기 있는 자동차 색상은 검정과 흰색이다. (그 다음은 회색과 은색이다. 검정과 흰색을 섞은!) 푸른색과 붉은색을 합해 6가지 색상이 전체 차량의 89퍼센트에 이른다. 나머지 '다른' 색깔의 차량은 전체 차량 색상 중 1퍼센트도 차지하지 않는다.

영유아 교육 컨퍼런스에 초청강사로 나갔을 때 재미있게 들었던 리사 머피Lisa Murphy라는 분의 강연이 생각난다. 리사는 본인이 교사였던 시절 아이들에게 철자 'P'를 가르쳤던 얘기를 들려주었다.

리사는 커다란 흰 종이를 바닥에 깔고 아이들을 종이 둘레(perimeter)를 따라 앉으라고 했다. P로 시작하는 단어를 가르치기 위해서였다. 아이들은 둘레라는 말이 뭔지 몰랐다. 아이들이 마침내 자리를 잡자 리사는 종이 한가운데에 팝콘(popcorn) 기계를 갖다 놓고, 팝콘 재료를 부은 후 전기코드를 꽂았다. 뚜껑을 열어 놓은 팝콘 기계에서 팝콘이 터지자 여기저기 팝콘이 날아다녔다. 아이들은 신이 나서 즐거워했다. 팝콘 한 개(아하! 또 하나의 P 단어인 piece)가 한 남자아이의 이빨 사이에 끼자, 리사는 팝콘을 이 사이에서 빼내는(또 다른 P 단어가 있네! pick out) 방법을 알려줬다. 아이들이 한 번 더 하자고 조르자 리사는 다시 한 번 팝콘을 튀겼다. 팝콘이 펑펑 튀겨지는 동안 아이들은 마치 처음 팝콘을 본 것처럼 즐거워했다. 수업은 파티(와우! P로 시작하는 단어가 또 있어! party)가 됐다.

쉬는 시간이 되자, 이 반 아이들은 다른 아이들에게 팝콘으로 얼마나 신나게 수업했는지 자랑했다. 1시간 정도가 지나자 어떤 작은 여자아이가 이렇게 말했다며 리사는 오래된 기억을 더듬었다. "리사 선생님, 큰 종이 깔고 팝콘을 튀기는 것, 한 번 더 하면 안돼요?"

리사는 이 이야기를 들려주면서, 이러한 상황에서 너무나도 많은 영유아 교육 전문가들이 "안 돼. 계획에 없는 일이야."라고 말할 것이라는 점을 인지하고 있었다.

이들 전문가들은 모든 것을 계획대로 마쳐야 한다는 데 집착한다. 실제로 아이들이 더 잘 배울 수 있다는 것보다는 교육계획안 완수에 더 집중하는 셈이다.

그러나 바로 그날, 리사 교실에서의 팝콘 튀기기는 하나의 선례로 남았다.

그때 내게 떠오른 생각은, 교사들이 미리 짜여진 커리큘럼 계획에 맹목적으로 따르는 것이 바로 존재하지 않는 규칙이 아닌가 하는 것이었다. 선 바깥에 색칠하는 것과도 비슷한 맥락으로 느껴졌다.

그러자 비단 이러한 규칙이 교사들에게만 적용되는 것이 아니라는 점을 깨달았다.

스케줄에 따라가는 것은 대부분의 사람들이 따르는 규칙인데, 이는 자신들의 행복을 희생하는 것이다. 우리는 실제 살아가는 것보다는 해야 할 일 목록에 더 집중하게 된다.

단지 당신이 늘 무언가를 어떤 방식으로 해왔고 늘 언제 행했다는 이유만으로, 당신이 늘 해왔던 대로 똑같이 할 필요는 없다.

가족들끼리 보드게임을 열심히 하느라 저녁식사를 좀 늦게 먹더라도 괜찮다.

당신을 홀딱 사로잡는 어떤 숨겨진 여행지가 나타나서 이전에 세워놓았던 휴가 상세 계획을 완전히 바꾸더라도 괜찮다.

멋진 석양을 보느라 먼 길을 돌아 목적지에 도착하는 것도 역시 괜찮은 것이다.

순응은 정부나 기업이나 학교에는 아주 좋은 것이지만, 당신에게는 꼭 그렇지만은 않다.

어른에게 있어, 선 안에 색칠하기에서 1등하는 것의 유일한 보상은 약간의 안정감이다. 그나마 그 보상을 얻으려면 잠재력 발휘도 포기해야 하고 삶이 재미없어지는 것도 감수해야 한다.

예수, 간디Ghandi, 테레사 수녀Mother Teresa, 마틴 루터 킹 목사Martin Luther King Jr., 아멜리아 에어하트Amelia Earhart(옮긴이주: 여성 최초 대서양 횡단에 성공한 비행사), 월트 디즈니Walt Disney, 해리엇 터브먼Harriet Tubman (옮긴이주: 미국의 노예해방운동 실천 인권운동가), 존 레넌John Lennon, 잔다르크Joan of Arc, 조지 워싱턴George Washington. 인류 역사상 타인에게 가장 영감을 주는 위인들에게는 한 가지 공통점이 있다. 그들은 '순응하지 않는 사람'이었다는 것이다.

이런 위인들은 선을 넘어 한참 바깥까지 색칠했다.

당신은 과거나 미래의 그 누구와도 다른, 특별한 존재로 창조되었다. 우뚝 서서 별처럼 빛날 사명이 있다.

지시를 무시하거나, 땡땡이를 치거나, 남들이 옆에 물러나 있을 때 춤추는 것을 두려워하지 마라.

다른 이들이 이쪽으로 갈 때 저쪽으로 간다고 두려워하지 마라.

선 바깥에 색칠하기를 두려워 말라.

red orange
KOTECKI

3

노동절 후에는 흰 옷을 입지 말지니

이 규칙은 정말 말도 안 된다. 이 규정을 깨면 패션 경찰이 쫓아와 하늘색 수트와 같은 색의 스카프를 목에 묶어주기라도 한다는 말인가!

미국에는 노동절(9월 첫째 주 월요일) 후에는 흰 옷을 입지 말아야 한다는, 소위 '룰'이 있다. 재미있는 사실은, 패션 전문가조차도 이 규칙의 기원에 대한 의견이 분분함에도 불구하고 상당히 많은 사람들이 이 규칙을 따른다는 것이다. 어처구니없다!

이 규칙의 기원에 대한 조금 그럴듯한 이유로는, 여름에는 시원해서 흰 옷을 많이 입는데, 가을, 겨울로 접어들면 진흙이나 눈 녹은 흙탕물로 흰 옷을 더럽히고 싶지 않다는 생각이 들게 된다. 그래서 자연스럽게 이 유용하면서도 한편으로는 당연한 가이드라인이 생겼다는 것이다.

더 그럴듯한 설명은 아주 예전(20세기 초)에 도시에 사는 사람 대부분이 어두운 색 옷을 입었기 때문이라는 것이다. 흰색 린넨 양복과 챙 넓은 파나마 모자는 주말에 레저를 즐기러 교외로 빠져나가는 허세 가득한 남자나 입을 듯한 복장이 됐다. 그러자 구세대는 '신부유층'의 패션 에티켓에 대해 우려하기 시작했다. 결국 복잡한 패션코드를 만들어 가이드라인으로 삼기 시작한 것이다. 내부인들만의 세계를 구축해 타인을 배척하는 한편, 가이드라인을 지키는 똑똑한 외부인이 이 룰을 지키면 고상한 사회로 진입할 수 있는 티켓을 획득할 수 있게 하는 방편으로 삼았다.

결국 '노동절 후 흰색 옷을 입지 말라'는 룰이 생겼고 1950년대와 1960년대에 미국 전역으로 퍼져나갔으며 오늘날까지도 많은 사람들이 지키는 규칙이 됐다.

후자의 논리가 타당한지에 대해서는 논란이 있다. 하지만 내 생각에는 그 논리가 맞는 것 같다. 결국 옷입기에 대한 규칙이라는 건, 누구는 끼워주고 다른 사람들은 안 끼워주려고 만들어내는 게 아닌가!(잘나가는 애들은 청바지를 이렇게 입는대!)

실제로, 발레리 스틸 Valerie Steele 뉴욕주립패션공대 부설 미술관장은 "패션 규칙이 실제 기능상의 이유로 만들어지는 경우는 드물다."며 위와 같은 논리를 인정하기도 했다.

나는 솔직히 말해, 우리 누구라도 옷입기에 대한 규칙에 귀를 기울일 필요가 전혀 없다고 생각한다. 옷입기 규칙을 준수하면, 어색하고 창피한 사진으로 가득한 미래로 가게 되니까.

당신이 고등학교를 몇 년에 다녔든 무슨 상관인가. 졸업앨범 사진 찍을 때 어떤 옷을 입었다고 죽기라도 하는 건 아니지 않은가. 내 중고등학교 시절을 되돌아보면, 여자애들이 스프레이를 6통쯤 뿌려서 돌처럼 단단하게 굳힌 높다란 앞머리를 과시하기도 했고 청바지 밑단을 몸에 꽉 맞게 접어 올리는 게 유행해서 다리에 피가 안 통할 지경이었다.(1990년대 초에는 바지 때문에 다리에 피가 안 통해서 발을 절단한 친구도 몇 명 있었다.)

1980년대만 하더라도 소위 '어깨뽕'으로 불리던 어깨 패드, 'X 싼 바지'로 불리던 배기팬츠, 그리고 형광색이 엄청나게 유행하지 않았던가!

좋았어, 패션 경찰 출동!

확실한 게 하나 있다. 지금으로부터 20년 뒤에 가장 어처구니없이 보일 사람들은 아마 팝스타들과 '이렇게 입지 마세요' 같은 프로그램 진행자일 것이라는 점이다.

이 모든 것이 남이 어떻게 볼지 너무 신경 쓰는 나머지 생기는 현상이다. 아이들이 보여주는 장점 중 하나는 남이 어떻게 볼지 하나도 신경 쓰지 않는다는 것이다. 어린 여자애가 여름에 교회를 가면서 카우보이 부츠에 발레 치마, 제일 좋아하는 녹색 스웨터를 입길 원한다면, 그렇게 입고 가면 된다. (엄마가 남들이 뭐라고 할지 신경 쓰여 갈아입으라고 하지 않는 한.)

어른병으로부터 자유로워지고 싶다면, 출처도 불분명한 트렌드니 패션 원칙 따위에 대해 너무 걱정하지 않는 것으로 하자.

당신 스스로의 모습이 되어 원하는 옷을 입자.

당신 자신의 모습에 편안해지는 것이야말로

절대로 유행을 타지 않기 때문이다.

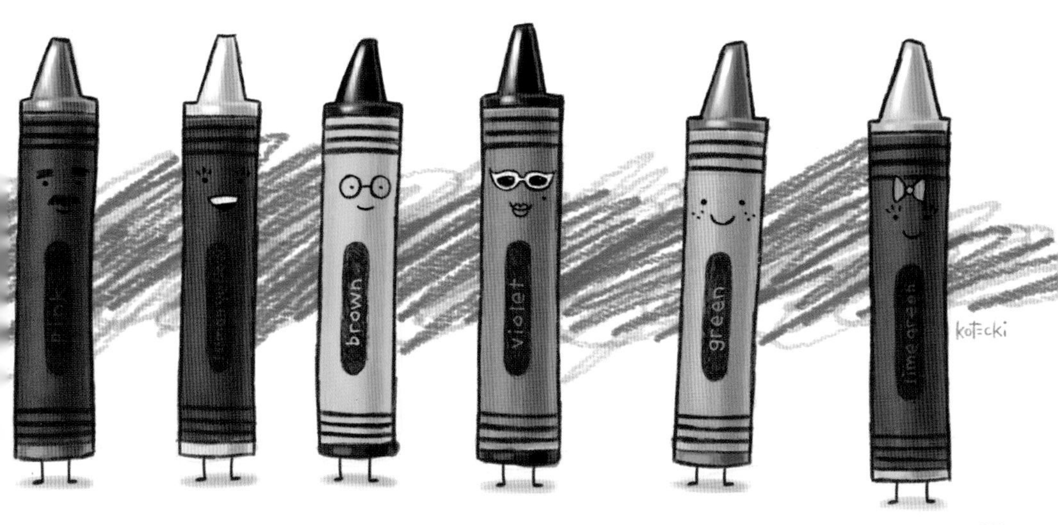
brown
violet
green
lime green
kotecki

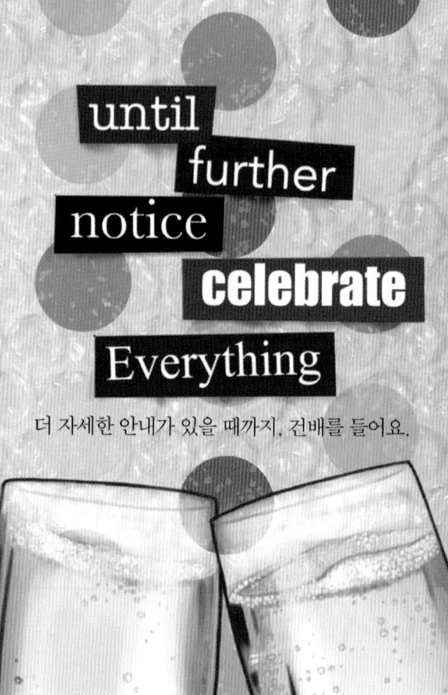

더 자세한 안내가 있을 때까지, 건배를 들어요.

달력에 표시된 날이 아니면 축배를 들지 말지어다

너무 많은 사람들은 축하할 이유를 찾을 때 절대적으로 달력에 의존한다. 달력에 깨알같이 휴일 표시가 적혀 있어야 파티를 열어도 된다고 생각한다.

그래서 달력에 할로윈 데이라고 적혀 있으면 그날 할로윈 의상을 입고 '물 위에 뜬 사과를 입으로 집어 올리기' 등의 할로윈 놀이를 한다. 7월 4일 미국 독립기념일에는 그릴에 고기를 굽고 풍선을 분다. 12월 31일에는 밤늦게까지 우스꽝스러운 모자를 쓰고, 병에 걸린 오리가 꽥꽥거리는 듯한 소리가 나는 종이 피리를 불며 파티를 연다.

그런데 이런 일반적인 생각과는 달리, 달력은 당신의 상사가 아니다. 주택자금을 마지막으로 갚았다면 파티를 열 충분한 이유가 된다.

담장, 앞마당은 아름다운 붉은색 리본으로 장식되어 있었다. 이웃집에는 크리스마스 전구가 달려 있었다. 케빈 집 안에는 크리스마스 양말과 장식이 걸려 있었다. 쿠키 굽는 냄새가 가득했다. 친구들과 친지들이 크리스마스트리 주변에 모여 있었다. 모두가 케빈과 아버지의 기타 연주에 맞춰 캐롤을 불렀다.

멋진 광경이었다.

케빈은 '진짜' 크리스마스까지 버텼고, 그 이듬해 초에 숨을 거뒀다. 케빈 가족의 이야기는 시련 속에서 믿음과 사랑이 어떤 모습으로 나타나는지를 보여주는 강력하고도 숙연한 사례다. 할로윈이나 추수감사절, 크리스마스 등의 이유로 기념해야 할 특별한 날에 대한 내 생각을 묻는다면…….

케빈 가족들은 내게 특별한 날은 정하기 나름이라는 사실을 일깨워줬다.

우리가 알고 있는 캘린더는 한심하게도 불완전하다.
매일매일이 특별한 날이다. 대부분의 날이 아니라 매일 말이다.
무엇을 축하할지는 당신에게 달려 있다.

모든 규칙이
반드시 성스러운
것은 아니다.
원칙이 성스러운
것이다.

– 프랭클린 D. 루즈벨트Franklin D. Roosevelt –

인생은 짧다. 디저트를 먼저 먹자.

후식을 밥보다 먼저 먹어서는 안 되느니

당신이 다섯 살이라고 생각해보자. 저녁식사 시간이다.

내가 만약 다섯 살짜리 당신에게 "오늘 저녁에는 후식을 먼저 먹어보겠니?"라고 하면 당신의 반응은 어떨까? 생각할 필요도 없을 것이다. 답이 너무 뻔해서, '이게 무슨 꿍꿍일까?' 하는 의문마저 들지도 모른다.

"좋아요!"

아이들은 항상 저녁 먹기 전에 쿠키를 집거나 당근을 먹기 전에 케이크를 먹고 싶어 한다. 하지만 엄마, 아빠, 할머니, 할아버지 중 한 사람이 "안 돼! 후식 먼저 먹으면 안 돼. 그러면 밥맛이 없잖아."라고 말할 것이다.

빌어먹을.

불만에 가득 차서, 당신은 나중에 어른이 되면 언제 어디서든 후식을 먹고 싶을 때 먹겠다고 스스로에게 다짐할 것이다. 크면 내 규칙은 내가 정할 거라고. 그런데…… 대부분의 사람들은 언제 마지막으로 밥보다 후식을 먼저 먹었는지 기억하지 못한다. 혹시 당신은 기억하는지?

아내 킴과 내가 몇 년 전 올리브가든에 갔을 때의 일이다. 부모님이 어릴 때는 절대 못하게 하는 것을 해본다는, 탈출계획 도전 11번에 따라 아내는 후식 메뉴를 먼저 주문했다. 종업원은 내가 주문한 미트 소스 마니코티를 받아 적었고, 아내가 전채요리 전에 초콜릿 라자냐를 먼저 달라고 하자 귀에서 랍스터라도 나온 것처럼 아내를 뚫어지게 쳐다봤다.

종업원은 할 말을 잃은 듯했다. 빵을 리필해주기 위해 우리 테이블에 올 때마다 종업원은 아내의 결정에 대해 한 마디씩 했다. "후식을 먼저 주문하시다니 믿을 수가 없는데요!"라는 게 첫 마디였다. "그러니까…… 음……, 아무도 그렇게 하지 않거든요! 제 말은, 어떤 손님들은 들어와서 후식만 주문하는 경우가 있기는 한데요. 이렇게 하는 사람은 아무도 없어요! 제 말은, 주방 분들한테도 물어봤는데 아무도 이렇게 하는 걸 본 적이 없대요. 그런데 손님은…… 왜 그러시는 거예요?"

아내는 이렇게만 대답했다. "왜냐하면 그렇게 할 수 있으니까요."

이것이야말로 우리가 감히 어기려고 하지 않는 규칙의 완벽한 사례다. 후식 먼저 안 먹는 것의 대가는 제로(0), 즉 전혀 없다. 아마 우리는 웨이트리스가 "안 됩니다."라고 말하거나 이상한 사람이라고 생각할까 봐, 아니면 엄마가 양치식물 이파리 뒤에서 갑자기 튀어나와 "나잇값 좀 해라!"하고 말해서 사람들 앞에서 망신당할까 봐 걱정하고 있는지도 모르겠다.

어쩌면 우리는 어른병에 너무 찌들어 있는 나머지 우리 안에 있는 아이의 목소리를 아예 듣지 못하는지도 모른다.

우리는 아주 어릴 때부터 규칙 프로그램 안에서 살아간다. 규칙을 만드는 사람은 선한 의도의 어른들이 대부분이지만, 그 중에는 비도덕적인 어른들도 있다. 일부 규칙(예를 들어 "타인에게 친절하세요.")은 물론 우리에게 꼭 필요하다. 그러나 그 중 상당수는 너무 오래됐거나 현재에는 더 이상 적절하지 않은 것도 있다. (그런 규칙 중 몇 가지를 이 책에 실었다.) 대부분은 어른병에 찌든 사람들이 자동조종장치 모드에서 의문도 갖지 않고 실행하는 것들이다.

흥미롭게도, 내 친구 제시는 후식을 먼저 주문하는 행동으로부터 시작해 이런 규칙에 의문점을 제기하기 시작했다. 그리고 왜 후식을 먼저 주문하는 게 완벽하게 말이 되는지 설득력 있는 설명도 생각해냈다. 첫 번째로, 후식은 대부분 식당에서 이미 만들어져 있는 경우가 많으니, 주방에서 주문한 요리를 만드는 동안 바로 후식을 먹으면 된다. 즉 당신이 매우 배고프다면 후식을 먼저 먹는 것이 좋다.

둘째로, 후식을 먼저 먹으면 후식이 들어갈 배를 확보할 수 있다. 메인 요리를 먹다가 배가 부르기 시작하면 다 먹지 않고 다음번에 먹기 위해 남기면 된다. 그런데 메인 요리로 배를 채우면 후식은 건너뛰거나 아무튼 주문해서 과식하게 된다. 그러니 후식을 먼저 먹으면 과식을 방지할 수 있고 후식을 꼭! 먹을 수 있다.

나는 제시의 이런 생각이 마음에 든다!

자, 내가 매 끼니마다 후식을 먼저 먹어야 한다고 주장하는 것일까? 물론 아니다. 내 이야기는, 가끔 한 번쯤은 후식을 먼저 먹을 수도 있지 않을까 하는 것이다. (사실은 당신도 그걸 원하고 있었으면서!)

우리가 케이크를 밥보다 먼저 먹는 것을 한 번 고려하는 것조차 주저한다는 사실을 알고 더 큰 의문점이 생겼다.

쓸데없이 우리가 지키고 있는 또 다른 규칙에는 무엇이 있을까?

kotecki

kotecki

일할 때는 너무 즐겁게 하지 말지어다

우리는 어른병과 맞서 싸운다. 특히 일터에서 더 그렇다.

물건에 가짜 눈을 붙인다든지, 일하는 자리에 할로윈 장식을 한다든지, 동료들을 위해 컵케이크를 만드는 것 등이 우리가 가진 무기다.

어떤 사람들은 이런 행동을 꽁꽁 가둬두고 있는데 참으로 유감스러운 일이다.

119 콜센터 직원들을 대상으로 한 컨퍼런스에서 강연했을 때다. 컨퍼런스 후 한 여성이 내게 일터가 너무 재미없다고 토로해왔다. "예전에는 이렇지 않았어요." 그녀는 슬픈 목소리로 말했다. "그 전에는 회사에 장난감을 둘 수도 있었고, 기념일에 사무실 장식도 했거든요. 그런데 새로 오신 상사는 그런 걸 허용하지 않아요. 우리가 좀 더 심각해져야 한다나요. 전체 팀의 업무 분위기에도 영향을 줬어요. 심지어는 우리 사무실에 들르는 119 대원들이 도대체 사무실 장식들은 다 어디로 갔냐고 묻는다니까요."

이런 종류의 이야기를 들으면 슬프기도 하고 화가 나기도 한다. 이런 이야기를 들으면 요즘 사무환경에서 직장인들 사이에 번아웃(기력소진) 현상이 팽배한 이유가 있다는 생각이 든다. 일은 참 좋은데 일하는 환경은 너무 싫은 경우가 있는데, 번아웃은 바로 이런 환경에서 일해야 할 때 생긴다.

번아웃 현상은 쉽게 해소 가능하다. 단, 그 일터의 리더가 일터에 즐거움을 부여할 수 있는 힘이 있으면서도, 일터를 즐겁게 만든다고 해서 각자가 맡은 업무 책임의 진지함이 줄어드는 게 아니라는 것을 잘 이해할 수 있을 정도로 스마트해야 가능하다.

119 콜센터보다 더 진지하고 심각한 업무 환경은 찾아보기 어렵다. 공포의 비명소리나 고통스러워하는 목소리의 전화가 수시로 걸려온다. 119 콜센터 직원들은 극도의 전문성과 공감능력을 갖추고 제보를 듣고 도움을 준다. 이런 환경에서는 업무를 잘 해내는 것은 고사하고 살아남기조차 쉽지 않은데, 일터에 약간의 재미와 유머도 없이 견디라는 사고방식 자체가 바보 같은 것이다.

나도 인정해야겠다. 강연을 다니다 보면 이런 생각들을 이야기하는 것이 부적절하게 느껴질 때도 있다. 이 아이디어 자체가 너무나 간단하면서도 어리석어 보이기 때문이다. 팔짱을 끼고 "이런 이야기를 듣자고 저 사람에게 강연료까지 주고 모셔왔다는 말이야?"라고 생각하는 사람들의 모습을 상상하기도 한다.

많은 리더들이 사무실을 장식하는 것과 같은 행동이, 심지어는 직원들 사기에 문제가 발생했다는 것을 목격했음에도 불구하고, 아무 짝에도 쓸모없는 시간 낭비라고 생각한다. 그런 간단한 방법이 효과가 있다고 믿기를 거부한다. 리더들이 잘못 생각하는 지점이 바로 거기다. 우리 인간들은 복잡함을 숭배하지만, 실제로는 가장 간단한 방법을 도입할 때 가장 효과가 높은 경우가 많다.

단순함이 궁극적으로 가장 정교한 해결책이다.

세상은 '유치함'을 갈망하고 있다. 집 뒤뜰에서도, 회사 중역 회의장에서도 말이다.

스마트한 기업들은 특급 인재를 유치하고, 부서간 협력을 촉진하고, 직원들의 번아웃을 방지하기 위해 엉뚱한 방식을 도입하곤 한다. 구글 사무실에는 소방서에서 출동할 때 쓰는 폴대와 미끄럼틀을 갖춰둔 것으로 유명하다. 미국 위스콘신 주 베로나에 위치한 에픽시스템Epic Systems Corporation은 의료기관, 병원, 통합 헬스케어 기관에서 사용하는 소프트웨어를 만드는 회사인데, 회의실이 나무 위에 지은 놀이집처럼 생겼고 사무실 통로는 뉴욕 지하철처럼 꾸며져 있다. 영국의 주스 회사인 이노센트Innocent는 회사 엘리베이터에 트위스터 게임(옮긴이주: 회전판이 위치하는 곳에 두 손과 발을 놓는 온몸을 쓰는 보드게임)을 설치했다.

수도 없이 이런 이야기를 듣는다. 사람들은 자기가 좋아하는 사람과 일하기를 원한다. 자신이 하는 일에서 재미를 느끼는 사람들이 그렇지 않은 이들에 비해 더 즐거운 것은 당연하지 않겠는가?

좋은 소식은, 아이로 돌아간 듯한 동심을 직장에 심는 게 어렵지 않고 심지어는 더 남는 장사라는 것이다. 회사 정문에서 손님을 맞이하는 리셉셔니스트 운영 방식을 예로 들어보자. 리셉셔니스트들이 일하는 방식은 거의 비슷비슷하다. 그 중 상당수는 만화영화 〈몬스터 주식회사Monsters Inc.〉에서 나오는 로즈라는 캐릭터를 연상시킨다. "성함과 신분증 주세요."라며 불만스러운 것인지 친절한 것인지 헷갈리는 인사를 건넨다.

마케팅 구루인 세스 고딘Seth Godin은 본인의 블로그에 "훌륭한 리셉셔니스트가 되는 방법"이라는 글을 쓴 적이 있다. 이 글에서 그는 좋은 리셉셔니스트가 훌륭한 리셉셔니스트로 탈바꿈할 수 있는 몇 가지 방법을 제시했다. 이 중 상당수가 아이와 같은 사고방식을 도입한 것이다. 아래 몇 가지를 소개한다.

- 불만스러운 방문객에 대비해 색색깔의 엠엔엠 초콜릿 또는 초코바를 비치하기 위한 예산을 요청하라.
- 엄청나게 멋진 리셉셔니스트가 되고 싶다면, 2~3일에 한 번 정도 아예 쿠키를 직접 굽는 것은 어떨까?
- 전사에 안내하여 해당일의 방문객에 대한 정보를 좀 얻어낸다. "미첼님, 환영합니다. 투산에서 여기까지 비행은 좀 어떠셨는지요?"(약간의 호기심을 보여주는 좋은 방법)
- 리셉션 데스크에 텔레비전이 설치되어 있는지? 옛날 코미디 쇼 DVD를 틀어놓는 것은 어떨지?

초콜릿? 쿠키? 코미디 쇼를 틀어놓는다고? 무슨 이런 유치원 교실 같은 뒤죽박죽이 다 있느냐고? 천만의 말씀. 이것이야말로 값비싼 텔레비전 광고나 고급스러운 명함, 새로 도색한 법인 차량만큼 기업 홍보의 일환으로 리셉셔니스트를 중요하게 여기는 회사 문화를 보여주는 것이다. (어쩌면 리셉셔니스트가 훨씬 더 중요할지도 모른다.)

세스 고딘이 지적한 대로 "기억하고 싶은 첫인상을 주는 회사에 입사하고 싶은 사람이 더 많을" 것이다. 세무조사를 하러 왔다면 리셉셔니스트가 활기차게 인사하는 기업에게 더 친절하지 않겠는가?

사무실을 장식하고 리셉셔니스트가 좀더 동심을 발휘할 수 있게 힘을 실어주고 상품과 패키지에 약간의 엉뚱함을 더하는 것은 언뜻 단순한 해법처럼 보이지만, 상당히 중요한 역할을 한다.

이런 해법은 사람의 기운을 북돋우는 힘을 가지고 있다.

이러한 힘을 활용할 수 있다면, 노는 듯한 즐거움과 약간의 엉뚱함을 주변 세상에 더할 수 있다면, 마법과도 같은 일이 벌어진다. 초자연적인 그 무엇과 교류하게 된다. 무언가 좋은 기운 말이다. 몸에 활기를 불어넣을 수 있는 기운이다.

P.T. 바넘P.T. Barnum(옮긴이주: 바넘앤베일리즈 서커스단을 창설한 미국의 유명 엔터테인먼트 사업가)은 이렇게 말했다. "가장 고귀한 예술은 사람들을 행복하게 만드는 것이다."

당신이 회사를 소유하고 있든지, 아니면 당신이 아티스트, 마케터, 교사, 건축가 등 누구든지 미소의 힘을 평가절하하지 말자.

당신이 다른 사람을 조금이라도 즐겁고 유쾌하게 만들 수 있는 방법이 있다면, 언제든 실천하라. 어른병 찬성론자들은 무시하라. 즐거움은 불필요하거나 하찮은 것이 아니다. 회사에 오는 이유 중 하나다.

즐겁게 일하는 것은 심플하면서도 유익하고, 매우 중요하다.

내가 만난 119 콜센터 직원과 같은 사람들과의 대화를 통해, 나는 우리 모두가 진심으로 어른병과의 싸움에서 이기기를 원한다면 즐거워지려는 노력을 좀더 진지하게 해야겠다는 확신을 굳히게 됐다.

특히 직장에서는 더욱 더 말이다.

Play
놀자!

CaNNonBaLL

대포알 발사

물웅덩이에는 뛰어들지 말지니

몇 년 전 아내와 내가 위스콘신주립대학에 있는 메모리얼 유니온Memorial Union (옮긴이 주: 공연 등 행사가 열리는 광장)에서 산책하던 때였다. 멘도타 호수를 볼 수 있는 메모리얼 유니온은 이곳을 상징하는 노랑, 주황, 초록색 의자에 앉아 오가는 사람들을 구경하기에 완벽한 곳이다.

이날 한 가족이 내 눈길을 끌었다. 엄마, 아빠, 머리를 하나로 묶은 여자아이가 호숫가를 걷고 있었다. 아이는 부모와 약간 떨어져 앞쪽에서 걷고 있었는데 아이가 물웅덩이를 발견했다. 그 전날 내린 비로 생긴 웅덩이였다.

마치 영화 〈스타워즈 Star Wars〉에서 우주선 밀레니엄 팔콘이 강력한 광선인 트랙터빔을 맞고 전투용 인공위성인 데스 스타로 이끌리듯이, 아이는 물웅덩이 쪽으로 향했다.

아이의 의도는 명확했다. 그 물웅덩이에 가까이 가고 싶었던 것이다.

그 광경을 본 내 첫 반응은 강렬하고도 즉각적이었다. "안돼~애애애애애애애!"

아이 부모가 어떻게 반응했는지는 기억나지 않는다. 그런데 내 반응이 보여주는 사실, 즉 공식적으로 내가 어른이 됐다는 게 충격적이었다. 그 꼬마아이는 물웅덩이에서 물장구를 치자는 첫 충동을 느낀 것이고, 나는 아이를 거기에서 떼어놓고 싶은 첫 충동을 느꼈던 것이다. 두 가지 극단 사이에 이보다 더 큰 간극이 있을 수가 없었다. 한때는 나도 그 꼬마아이와 같은 팀이었을 텐데, 신경을 쓰지 않는 사이에 나도 모르게 어느새 어른 쪽으로 이동해온 것이다.

어른병에 깜박 속아 넘어갔다.

대부분의 사람들이 어느 시점에서는 어른 편으로 옮겨온다. 사람마다 그 시기는 조금씩 다른 것 같다. 어쩌면 자기 빨래를 스스로 해야 하는 시점과 직접적인 관계가 있는지도 모른다. 비나 물웅덩이에는 가까이 하지도 말라고 몇 번이나 야단맞고 경고 받다 보면 그렇게 되는지도 모른다.

좀 우습기도 하다. 어른들은 기를 쓰고 샤워기 아래서 몸을 오랫동안 적시기도 하고, 라벤더 레인이니 하는 오일을 넣은 욕조에 몸을 푹 담그기도 하고, 수십만 원을 주고 대형 워터파크에 가기도 하지 않는가! 그런데도 어른들은 그저 물웅덩이를 염산이라도 되는 것처럼 생각하거나, 비가 오면 〈오즈의 마법사〉에 나오는 나쁜 서쪽 마녀가 죽을힘을 다해 도망치듯 뛰어 피하지 않는가!

존재하지 않는 다른 모든 규칙과 마찬가지로, 이 규칙 또한 상당히 모호한 논리에 근거한다. 성인 남자가 여자아이처럼 소리 지르며 물미끄럼틀을 미끄러져 내려오는 것은 괜찮지만, 물웅덩이를 뛰어다니며 뮤지컬 영화 〈싱잉 인더 레인Singing in the Rain〉의 진 켈리Gene Kelly 처럼 춤추면 미쳤다고 하지 않는가.

정작 비가 올 때 우리는 미친 사람처럼 행동한다. 마치 불빛에 쫓겨 가는 바퀴벌레처럼 상점에서 차로 마구 뛰어온다. 우산이 없으면 신문이나 비닐봉지 같은 것으로 머리를 필사적으로 가린다. 젖은 옷은 마르고 흙탕물도 씻어낼 수 있다는 것을 잠깐 잊곤 한다.

진실은 이렇다. 어른이 되면, 비를 피할 곳이 불과 몇 미터 정도 떨어져 있는데 아무 이유 없이 비에 흠뻑 젖는 것보다 더 어리석은 것은 없다.

하지만 아이들에게는, 춤추기 좋은 비가 내리고 있는 곳이 불과 몇 미터 정도 떨어져 있는데 비를 피한다며 삼삼오오 모여 있는 어른들의 모습이 더 어리석어 보일 것이다.

두 가지 측면, 두 가지 선택이 있다. 그 중 하나만이 당신을 더 살아있다고 느끼게 해줄 것이다. 어른이 되어서 좋은 점은, 둘 중 하나를 선택할 수 있다는 점이다.

이쯤에서 의문점이 생긴다. 우리는 진정한 삶을 살아가고 있는 건일까, 아니면 '신발만 적시지 않으려고' 애쓰고 있는 건일까?

What's Shakin' ?
무슨 일인거야?
Oscar Mayer
Sliced or
Fully Cooked
Bacon
오스카마이어 브랜드의
완전히 익힌
베이컨 슬라이스
Steak
U.S.D.A.
CHOICE
Oscar Mayer

저녁으로 아침 메뉴를 먹지 말지니

어떤 사람들은 저녁에 아침식사 메뉴를 먹는 것을 좋아한다. 자기 상사에게 똥침을 놓고도 들키지 않았다는 무용담을 늘어놓듯이, 신이 나서 떠들어댄다.

물론, 내가 "저녁으로 아침을 먹는다."고 말할 때는 특정 문화권에서 꼭 어떤 시간대에만 먹어야 하는 것처럼 여겨지는 음식에 대해 얘기하는 것이다.

달걀, 팬케이크, 와플, 오렌지주스, 과일맛 시리얼.

이런 음식을 아침이 아닌 다른 식사 시간대에 먹는다고 하면, 대학생이거나, 트럭 운전사거나, 아니면 괴짜 취급을 받는다.

아마 이 규칙의 기원은 달걀, 팬케이크, 그리고 그들의 친구로 구성된 아침식사 메뉴를 생산하는 대기업이 만들어낸 똑똑하고도 성공적인 마케팅일지도 모른다.

특정한 식사 시간대에 특정한 음식을 먹으라고 규정해놓으면 해당 식사 시간을 '지배'할 수 있다. 그리고 아침식사를 지배하는 음식들이 생겼다. 아침식사 시간을 지배하는 데 성공한 달걀, 팬케이크, 그들의 친구를 만든 대기업들에게 경의를 표한다. 멋진 게임이었다. 그랜드슬램 달성.

하지만 나는 여전히, 이런 메뉴를 점심이나 저녁에도 합법적으로 먹을 수 있다고 확신한다.

지금 어떤 메뉴를 언제 먹어야 하는지에 대해 얘기하는 중이니 하는 말인데, 만약 아침에 피자, 케이크, 와인이 정 땡긴다면 아침식사로 먹어도 된다.

저녁식사에 아침 메뉴를 먹는다는 게 완전히 듣도 보도 못한 일은 아니지만, 상당히 드문 일이다. 어른병이 만든 뻔한 일상에서 벗어나는 첫 걸음이기도 하다. 어른병이 정말 얄미워서 한 방 먹이고 싶다면, 잠옷을 입고 저녁식사를 하는 모험을 해보자.

규칙을 잘 알아야
효과적으로
그 규칙을
깰 수 있다.

— 달라이 라마Dalai Lama XIV —

월요일이 구린 게 아님.
당신 일이 구린 거임.

9

월요일을 증오하라

월요일 씨는 '내가 금요일 또는 차라리 목요일이었으면 좋겠다.'고 생각한다. 월요일 씨는 침실에 대형 '토요일' 포스터를 붙여놓는다. 월요일 씨가 걸어오면 모든 이들이 그를 외면한다.

불쌍한 월요일 씨.

나는 한때 '일요일 밤 증오 증후군'에 시달린 적이 있었다. 주말 동안의 여유가 마지막 숨을 내쉬는 순간에 느껴지는, 그 가라앉는 기분이란. 나도 월요일이 최악의 요일이라고 생각했다.

그런데 그 이후, 월요일은 그저 희생양임을 깨달았다.

인생이 풀려나가는 게 맘에 들지 않을 때는 월요일을 희생시키는 게 마음 편한 법이니까. 그러니 월요일은 그만 괴롭히고 조금 다른 전략을 써보는 것은 어떨까. 몇 가지 제안을 해보겠다.

1) 태도를 바꾼다

'당신이 이미 하고 있는 일에 더 많은 의미를 부여한다.'같은 쉽고도 스마트한 방법이 있다. 완벽한 직업이란 없다. 나도 더 이상 월요일을 증오하지는 않지만, 그렇다고 내 일의 모든 요소가 엄청나게 멋진 것은 아니다. 하지만 나는 이 일에는 장점이 단점보다 더 많다고 생각하며 장점에 집중한다. 지금 하는 일을 진심으로 즐기고 당신에게 잘 맞는데도 여전히 월요일이 싫다면, 다른 시각을 가져보는 것은 어떨까. 당신이 하는 일의 장점을 모두 적어보고 단점 대신 장점에 집중하는 것이다. 현재 일이 단순히 지긋지긋해졌다면, 당신을 흥분시키는 새로운 프로젝트를 시작할 시점일 수도 있다. 새로운 삶의 불꽃을 피울 수 있고 목적의식도 고양된다.(이렇게 하면 상사를 감동시킬 것이다.)

2) 직업을 바꾼다

이것도 스마트한 방법이다. 그러나 더 많은 의미를 갖는 새로운 일을 찾아내기 위해 행동으로 옮겨야 하므로 더 힘들기는 하다. 인생은 당신이 끔찍하게도 싫어하는 일이나 그럭저럭 좋아하는 일에 묶여 지내기에는 너무 짧다. 아침에 일어날 때마다 당신을 가슴 뛰게 하고, 재능을 기꺼이 공유하고 싶고, 앞으로 겪어야 할 힘든 도전도 극복할 만한 힘을 주는 일을 찾아야 한다. 물론, 이런 일은 마술지팡이를 한번 휙 휘두르면 나타나는 것이 아니다. 지금 하는 일이 형편없다며 아무런 계획도 없이 분연히 떨치고 일어나 일을 그만두는 건 권하지 않는다. 대부분의 경우, 아무리 형편없는 일이라도 일이 아예 없는 것보다는 나으니까. 당신이 할 수 있는 것은 계획 짜기다. 어떤 계획이 당신에게 더 바람직하고 잘 맞을지 고민

해보고, 그 목표에 도달하기 위해 한 걸음 한 걸음을 떼어보자. 어쩌면 야간 수업을 들어야 할 수도 있다. 이력서를 송부하기 위해 1시간 더 일찍 일어나야 할 수도 있다.

새로 시작하는 파트타임 사업을 위한 웹사이트를 만들어야 할 수도 있다. 그렇게 되면 당장 다가오는 월요일이 그다지 매력적이지 않을 수도 있지만 최소한 평생 월요병을 감내하며 살아가지는 않겠다는 결심을 하게 되는 것이다.

여기서 경고! 어떤 이들은 월요일에도 아예 쉬고 싶다는 유혹에 빠지게 될 수도 있는데, 그렇게 하면 '일 자체'를 더 큰 문제로 여기게 되어 엉뚱한 곳에 화풀이를 하게 될 수도 있다.

많은 이들이 로또에 당첨되어 영혼을 고갈시키는 회사를 그만두고 해변가에 누워 일광욕하며 마가리타나 마시는 몽상을 하는데, 이렇게 되면 결과적으로 월요일도 다른 요일처럼 좋은 날에 넣을 수 있을 것이라고 생각한다.

그런데, 이런 사고방식에는 한 가지 문제점이 있다.

그렇게 살아가면, 엄청나게 빨리, 지루해질 것이다.

아, 물론. 처음에는 천국에 온 듯한 기분일 것이다. 휴일에 쉬는 것 자체에 불만은 없다. 하지만 여기서 얘기하고 있는 주제가 휴일은 아니지 않은가. 당신의 새로운 삶에 대해 말하고 있는 것이다. 이런 생활을 2~3주 (그 전에 하던 일이 영혼을 엄청나게 고갈시켰다면 아마도 3개월 정도)가량 하게 된다면, 당신은 안절부절못할 가능성이 크다. 뭔가 의미 있는 일을 하고 싶은 갈망을 느끼게 되지 않겠는가!

우리는 가끔, 완벽한 삶을 방해하는 주범이 일 자체라고 잘못 생각하는 경향이 있다.

*옮긴이주: 키 라임은 미국인들이 휴가를 많이 떠나는 플로리다 주 키스 지역에서 많이 생산되는 과일이다. 키 라임 파이나 음료수는 미국인들이 '휴가' 하면 생각나는 음식 중 하나이기도 하다.

우리는 일을 적게 하거나 아예 안 할 수만 있다면, 정말 행복해질 것이라고 생각한다. 하지만 일 또한 월요일과 마찬가지로 희생양에 불과하다.

행복으로 가는 '진짜' 열쇠(소위 말해 삶과 일의 조화)는 어떻게 하면 일을 덜할 수 있을지가 아니라 내게 의미 있는 일을 더 많이 하는 데 있다.

당신이 하는 일을 정말 사랑한다면, 일처럼 느껴지지 않을 것이라고들 한다. 나는 잘 모르겠다. 나는 내 일을 사랑하지만, 여전히 어떤 부분에 있어서는 진짜 일처럼 느껴진다. 그럼에도 불구하고, 내가 하는 일을 사랑한다는 사실이, 힘든 부분을 포함해서 내가 하는 일을 가치 있게 만든다.

너무나 많은 사람이 '어른'으로 살고 있다. 그 증거는 이들이 '주말을 위해 살아간다'는 것이다. 일하는 동안은 무조건 힘들어야 하고, 일은 생활비를 벌기 위한 필요악이며, 주말에 끝내주는 즐거움을 누리기 위한 비용을 벌기 위한 목적이라고 생각한다.

그러나 이런 식으로 탐닉하는 즐거움은 월요일 아침이 되면 찬물을 끼얹은 듯 끝나버리는 일시적 방편에 불과하다.

싸구려 즐거움에 빠지거나 술을 엄청 퍼마시거나 생각 없는 오락을 통해 현실에서 도피하는 대신, 생산적이고 장기적인 해결책을 제시해보겠다.

실제로는 존재하지 않는데 당신의 발목을 잡는 규칙으로부터 탈출하라. 용기를 내는 연습을 하자. 다시 꿈을 가져보자. 일하는 시간은 고역이어야 하고, 일상을 열정적으로 살아갈 수 없다는 가정으로부터 벗어나자. 당신의 현재 모습에 대해 스스로 질문을 던지고, 새로운 선택을 한다면 그 의미는 무엇인지에 대한 호기심을 가져보자. 당신 내부에 있는 열정의 샘에서 물을 끌어올려, 당신이 태어난 이유의 핵심을 실현시키기 위해 노력해보자.

만약 금요일이 당신이 가장 좋아하는 요일이라면,
이제는 변해야 할 때다.

월요일이 싫어지지 않을 정도로 삶을 만들어가는 것은 쉬운 일이 아니다. 하지만 가능한 일이기도 하다. 그렇게 되려면 스스로에 대해 솔직해질 필요가 있고, 계획을 세워 열심히 노력해야 하며, 마음가짐도 새로 가져야 한다. 이 모두가 당장 오늘부터 할 수 있는 일이다.

그리고 사실 그 정도면 월요일은 충분히 왕따 당할 만큼 당했다. 그렇지 않은가?

freedom
자유

얼마나 바쁜지 자랑하고 다닐지어다

도대체 언제부터 바쁘다는 것이 우리가 얼마나 성공했는지 자랑하는 수단인 명예훈장 같은 것이 되었을까?

아무 사람이나 붙잡고 잘 지내시냐고 물어보면, "바쁘게 잘 지내요!", "너무 바빠요!", "미친 듯이 바빠요!"란 대답이 돌아온다.

불평을 가장한 자랑질이다.

모르긴 몰라도 가장 바쁜 사람이 이기는 세상인가보다.(이유는 잘 모르겠다.) 이따금 한번 정도 "요즘 전혀 바쁘지 않아요. 그냥저냥 살면서 그 순간을 즐겨요."란 답변을 들으면 신선할 것 같다.

식당, 공항 등등에서 사람들을 관찰한 결과 나는 사람들이 바쁜 것 자체에 집착한다는 결론을 내리게 됐다. 자신이 잘 살고 있다고, 더 가치 있다고, 더 중요하다고 느끼기 위해 분주함을 스스로 자초하는 것 같기도 하다.

사람들 앞에서 계속 통화를 하게 되면 뭔가 잘나가는 사람이라도 된 듯한 느낌이 드는지도 모르겠다.

계속 몸을 바쁘게 하면 당면하고 싶지 않은 고통을 잊을 수 있는지도 모른다.

바쁘다는 이유를 대며 힘겹고 두려운 변화를 편리하게 피하거나 미루려고 하는지도 모른다.

바쁘다는 이름의 약을 복용하면 인생을 충실히 살고 있다고 느낄 수 있게 되나 보다. 잠시 속도를 줄이고 당신이 진정으로 살아가고 싶은 인생 스토리가 무엇인지에 대해 어려운 결정을 내리는 것보다 그냥 계속 바쁘게 살아가는 것이 더 쉬운데도, 결과는 그다지 만족스럽지 않다.

주의: 당신이 얼마나 바쁜지에 따라 당신의 중요도와 가치를 측정하게 된다면, 당신 인생의 스토리는 상당히 암울해질 가능성이 크다.

바쁘다는 것을 당신 인생의 선택으로 삼았다면, 좋다. 그건 당신의 선택이다. 당신에게 힘을 실어주겠다.

근데 그러는 동안, 어딘가에서 어른병이 활짝 웃고 있을 것이다.

"워낙 목적이 고귀해서
부담이 많이 되고 있습니다."
I am BURdeNeD with gLORious PURPOSE.
kotecki

크리스마스 쿠키는 크리스마스 쿠키처럼 생겨야 하느니

크리스마스를 특별히 기념하는 사람이 아니라고 하더라도 크리스마스 쿠키가 어떻게 생겨야 하는지에 대한 이미지는 모두가 갖고 있을 것이라고 생각한다. 크리스마스 쿠키 종류가 엄청나게 많다고 하더라도, 옆에 있는 사진이 크리스마스 쿠키 하면 맨 먼저 떠오르는 이미지는 아닐 것이다.

믿거나 말거나, 사실 이 사진은 실제 크리스마스 쿠키가 맞다. 이 쿠키는 네 살짜리가 만들었다든지, 혹은 '1973년 부엌 대참사'의 산물이 아니다.

이 못생긴 쿠키가 만들어진 사연은 이렇다.

어느 해 겨울, 테리라는 여성은 크리스마스 파티를 준비할 엄두가 나지 않았다. 몇 미터나 되는 기다란 준비 리스트에 비해 준비할 시간이 너무 부족했다. 테리는 '권한위임'이라는 신규 개념을 시험해보기로 했다.

남편과 아들에게 테리는 이렇게 명령했다.

"오늘 밤 손님들이 도착하기 전에 나는 밖에 좀 나갔다 와야 하니까 두 사람이 크리스마스 쿠키를 책임지고 만들어놓도록 해요. 굽는 방법은 여기 있고, 방법도 아주 쉽고 재료 종류도 복잡하지 않으니까 방법대로 정확히 해놓도록 하세요."

남편과 아들은 크리스마스 쿠키를 – 정확히 말하면 먹는 것을 – 좋아했다. 여기까지는 좋았다. 그런데 재료를 준비하는 동안 대화는 엉뚱한 방향으로 흘렀다. 매년 엄마가 쿠키를 손님들에게만 구워주고 정작 자신들은 하나도 먹지 못하는 것이 얼마나 불공평한지 말이다. 그래서 두 사람은 사악한 계획을 꾸몄다.

더 많은 쿠키를 굽는 대신, 쿠키를 최대한 못생기게 만들어 남들은 먹을 생각도 못하게 하자는 것이었다.

검정, 갈색, 국방색깔 설탕 장식을 중간에 꽂고, 일반적인 모양의 쿠키 모양틀은 치워버리는 대신 소, 레이싱카 모양 등으로 쿠키를 만들었다. 그리고 장갑도 끼지 않고 맨손으로 쿠키를 만들었다.

집으로 돌아온 엄마는 완성된 못생긴 쿠키 더미를 발견했다.

엄마는 경악했다. 그러나 쿠키를 새로 만들기엔 이미 너무 늦었다. 그래서 엄마는 손님들이 도착할 때 출입문에 자리 잡고서는 오는 손님들에게 일일이 말했다. "저 쿠키 제가 만든 게 아니에요!" 손님들은 엄마가 이렇게 말할 때 한번 웃었고, 쿠키를 보자 더 크게 웃었다.

결국 한 용감한 손님이 (에그녹을 너무 많이 마셔서 취했는지) (옮긴이주: 에그녹 eggnog, 크리스마스 때 마시는 계란을 섞은 술) 쿠키를 하나 집어 먹었다. 그런데 그 쿠키는, 사실, 맛있었다. 결국 남편과 아들의 계획은 실패로 돌아갔다. 두 사람은 굴하지 않았다. 그 다음 해에는 더 노력하겠노라고 다짐했다.

결국, 케이크까지 그 마수가 뻗쳤다.

두 사람은 크리스마스 쿠키(또는 졸업식 케이크) 형태에 대한 규칙을 어겼다. 그 이후 20년 동안 두 사람은 매년 이어지는 전통을 만들어냈다. 매년 더 못생긴 크리스마스 쿠키를 만들어 나눠주는 것이었다.

그건 그렇고, 엄마도 이제 이 전통의 지지자가 됐다. 사람들도 이 전통을 손꼽아 기다린다. 사실 엄마의 엄마 - 외할머니 - 조차도 결국 자기 생일에 못생긴 케이크를 만들어달라고 요구할 지경이 됐다.

크리스마스에는 항상 이렇게 해왔다며 똑같이 하는 규칙은 무엇이 있는가?

올해에는 좀 다른 방식으로 해본다면 무엇을 바꿀 수 있겠는가?

엄숙하고 바꿀 수 없는 가족 전통을 바꾸라는 얘기가 아니다. (나라면 그것도 대상으로 삼겠지만.) 하지만 큰 생각 없이, 큰 의미 없이 자동적으로 하고 있는 무언가가 있지 않을까? 마사 스튜어트Martha Stewart(옮긴이주: 요리, 인테리어 기법을 알려주며 살림의 여왕으로 불리는 미국 방송인, 저자)가 보면 기쁨의 눈물을 흘릴 만큼 완벽한 과자나 케이크를 만들려고 애쓰는 스트레스보다야, 마사 스튜어트가 보면 경악해 이를 악물 것 같은 무언가를 만드는 게 훨씬 더 재미있지 않은가?

한 걸음 더 나아가보자. 당신이 매년, 매월, 매주, 매일 집이나 회사에서 하고 있는 일 중에서, 매번 그렇게 해왔기 때문에 하고 있는 것은 무엇이 있을까? 뭔가 다른 방법을 선택하게 된다면 어떤 기회를 잡을 수 있고, 어떤 문제점을 해결할 수 있으며 어떤 추억을 만들어 낼 수 있을까?

going ugly can
have some
beautiful results.
못생긴 쿠키가 아름다운 결과를 만들 수 있다.

거품 안 돼!
NO BUBBLES!
KOTECKI

우유에 꽂은 빨대로 거품을 만들지 말지어다

아이가 생긴 후 아내와 내게는 부모 노릇에 대한 모험이 꽤 일찍 닥쳐왔다.

어느 날 저녁식사 시간, 빨대 달린 커다란 컵에 우유를 마시던 루시가 생애 처음으로 우유에 거품을 불어넣을 수 있다는 사실을 발견한 것이다. 우리 집에서는 루시의 이 발견이 처음으로 말문이 트이거나, 처음 걸음마하거나 우유에 쿠키를 적셔 먹는 방법을 알게 되는 것만큼의 일대 사건이었다.

정말 대단한 일이었다.

가장 멋진 부분은, 루시가 이걸 자기 혼자 알아냈다는 것이다. 엄마 아빠가 가르쳐준 적이 없는데도. 루시가 이 현상을 발견하는 과정을 보는 것 자체가 흥분되는 일이었다. 놀라움이 기쁨으로 바뀌는 순간이었다. 그런데, 루시의 컵 전체가 우유거품으로 가득 차 버리자 루시는 걱정과 실망이 가득한 표정으로 이렇게 물었다. "우유는 다 어디 갔어?"

"걱정 마라. 우유는 다시 돌아올 거야." 나는 루시를 안심시켰다.

그리고 우유거품이 꺼지자 진짜 우유가 돌아왔다! (부모 노릇 하는 보람 중 하나는 아이한테 부모가 뭐든 다 안다는 환상을 심어주는 것이다.)

자연스럽게 루시는 밥 먹기보다 우유거품을 만드는 데 더 흥미를 가지게 됐다. 그러자 어른병 증세가 아내와 내게 찾아왔다. 딸에게 이제 그만 하라고 말하고 싶은 충동이 들었다. 이에 어떻게 대응해야 할지에 대한 내적 갈등은 생각보다 심각했다. 왜냐하면 그 전에 우리는 아래 만화가 그려져 있는 작은 카드를 강연장에 온 청중들에게 나눠준 적이 있기 때문이었다.

"어른이 됐는지 공식적으로 어떻게 알 수 있지?" "학교를 마치면 어른이 되나?"

우리는 이 카드를 수천 명의 청중들에게 나눠줬었다. 이제 아내와 나는 우유에 거품을 불어 넣는다고 훈계를 늘어놓는 부모가 된 셈인가? 아내와 나는 서로 눈길을 교환하고, 그런 부모가 되지 말자고 다짐했다.

나는 머릿속에서 맴돌던 말을 멈추고 신속하게 이 상황을 분석했다. 이게 뭐가 대수로운 일이야? 내가 지금 걱정하는 건 뭐지? 첫 번째 걱정은, 내가 어느 정도의 시간 내에 아이가 밥을 다 먹기를 바란다는 점. 두 번째로는 흘러넘치는 우유거품 청소를 하고 싶지 않다는 것.

"아니면 결혼해서 아이를 가지면 어른이 되나?" "우유에 거품을 더 이상 안 불면 그때가 어른이야."

그래서 우리는 루시에게 빨대와 거품이 컵 밖으로 나오지 않게 하라고 당부했다. 또한 거품 불기 놀이를 몇 분 정도 하고 난 후에는, 컵을 치운 후 밥을 몇 숟갈 더 먹으면 거품 불기를 또 할 수 있다고 말했다. 루시의 반응에 우리는 깜짝 놀랐다! 우리도 모르는 사이에 아이에게 우유거품 불기가 엠앤엠 초콜릿(그동안 아이가 뭔가 잘하면 보상으로 주던)보다 더 큰 보상으로 작용하게 됐다는 사실을 알게 된 것이다!

부모, 교사, 리더의 역할을 맡게 되면, 다른 방법은 없을지 단 1초도 더 생각해보지 않고 자동적으로 우리의 부모, 선생님, 리더가 해왔던 방식을 그대로 답습하기 쉽다. 이렇게 자동적인 반응을 제어하기란 쉽지 않다. 그러나 한번 그렇게 하고 나면, 또 다른(더 나은) 방법을 찾아 나서기가 그다지 어렵지 않아진다.

그렇기 때문에 존재하지 않는 규칙에 대해 평소에 생각해보는 것이 중요하다. 더 많이 생각해볼수록 그런 규칙을 더 많이 인지하게 되고, 더 나은 방법을 찾아 나서기 쉬워지기 때문이다.

결국 우리 부부는 이 테스트를 통과했다. 어린 시절에 가질 수 있는 특별한 즐거움을 존중하는 동시에, 식탁이 지저분해지는 상황과 만만한 부모가 되는 상황도 피할 수 있었다. (아이가 배변훈련을 해야 하는 상황이었기에 이런 자신감을 가질 수 있어서 좋았다.)

물론 우유거품 불기가 공식 정찬 석상에서 환영받는 테이블 매너는 아니겠지만, 내 작은 소망은 루시가 우유거품 불기를 그만두지 않았으면 하는 것이다.

{ 규칙이라는 것은
자기 규칙을 스스로
만들지 않는
사람들을 위해
만들어진 것이다. }

– 척 예거Chuck Yeager –

(옮긴이주: 세계 최초로 음속을 초과한 미국 군인)

HOW DO YOU LOOK IN
LIKE THIS?
kotecki

식사 후 30분 기다린 후에 수영을 해야 할지니

이런 경고성 조언을 들어봤을 것이다.

먹고 나서 바로 호수나 수영장에 뛰어들면, 몸에 경련이 나서 물에 빠져 죽든지 풀장 필터에 빨려들든지 아니면 호수 상어에게 잡아먹힌다는 것이다. 그게 아니면 그와 비슷한 끔찍한 사고가 난다는 얘기다.

거짓이다.

《딸꾹질을 멈추는 25가지 방법 25 Ways to Cure the Hiccups》이라는 책에서 위스콘신 라크로스대학교의 브라이언 어더만Brian Udermann 박사는 이 규칙에 대해 이렇게 밝혔다.

"뭔가 먹고 나서 바로 수영했기 때문에 익사했거나 익사 지경에 이른 사례는 없다."고.

사실은 이렇다. 음식을 섭취하면 영양소 흡수를 위해 위장에 쏠리는 피의 양이 늘어나서, 산소를 운반하고 운동 근육에서 찌꺼기를 제거할 피의 양이 줄어든다.

그러나 우리 몸은 두 가지 활동을 제대로 할 수 있을 만큼 충분한 양의 산소를 지니고 있다. 어더만 박사에 따르면 1961년 이 주제로 발표된 아서 스타인하우스Arther Steinhaus의 논문에서는 "인체는 위로 피를 보내기 전에 운동 근육에 충분한 피와 산소를 공급한다."고 주장했다.

또 "이러한 통념이 생긴 이유는 옛날 적십자 응급조치 지침서 때문인 것으로 생각된다. 이 지침서에는 식사 후 수영을 하지 말라는 권고가 실렸고, 인디언들이 예전부터 수영을 안전하게 하기 위해 배를 마사지한다는 얘기를 싣기도 했다."고 덧붙였다.

존재하지도 않는 대부분의 규칙을 우리가 알고 있는 이유는 이 규칙이 세대를 거치며 더 가속화되기 때문이다. 엄마가 그렇게 말하는 이유는 할머니로부터 그런 얘기를 들었기 때문이다. 수영장에 안내문이 그렇게 붙어 있으니 진지한 규칙임에 분명하다는 것이다.

좋지 않은 소식은 이것이다. 존재하지 않는 규칙을 따르는 이유는 그저 우리가 그것을 지켜왔기 때문인 경우가 많다. 맹목적으로 규칙을 따르기보다는 잠시 멈춰 서서 그 이유가 무엇인지 생각하는 것을 습관화해보자. 인터넷 검색만 해도 5분 만에 이유를 찾을 수 있는 경우가 많다.

좋은 소식은, 점심 먹고 바로 호수에 뛰어들어도 빠져 죽지 않는다는 것이다.

또 상어에게 먹히지도 않는다.

팝스타
POP STAR
kotecki

14

타인이 나의 성공을 정의하게 놔둘지니

삶을 하나의 스토리로 바라볼 때, 흥분되면서도 중요한 (그리고 어떤 경우에는 겁나는) 부산물이라고 한다면 바로 '당신'이 삶의 메인작가라는 점을 깨닫는 것이다. 이것은 어른이 되는 장점 중 하나이기도 하다. 더 이상 부모나 선생님이 뭘 하라는 것에 얽매여 있지 않아도 되니까.

너무나 많은 사람들이 타인이 결정해준 계획대로 인생을 살아가고 있다. 이는 얼마나 안타까운 일인가. 몇 년 동안 지시를 따르며 살아가라는 데 익숙해진 나머지 남이 우리에게 이렇게 하라고 말해주지 않으면 길을 잃어버리는 것이다. 그 공백을 타인의 의견으로 채우는 것이다.

이 책을 위해 사전조사를 했을 때 나는 존재하지도 않는 규칙 중 가장 "맘에 드는"것은 무엇이냐는 질문을 던졌다. 《큐비클 국가로부터 탈출하다 Escape from Cubicle Nation》라는 책 저자이자 여러모로 멋진 사람인 파멜라 슬림Pamela Slim은 이렇게 대답했다.

"모든 사람들에게 절대로 필요 없는 규칙은, '이웃들의 의견을 당신의 성공 근거로 삼으라.'는 것입니다. 우리는 때때로 자신에게 진정으로 중요한 것이 무엇인지 고려해보지도 않은 채 남들이 이뤄낸 성공을 열망하곤 합니다. 타인이 달성한 성공을 좇는 것이야말로 비참해지는 진짜 직행열차입니다. 자기자신이 누구인지 탐구하고, 내가 진정 행복해지는 길이 무엇인지 찾으십시오. 당신을 진심으로 행복하게 만드는 것이 무엇인지에 기반해 자신만의 성공에 대한 정의를 내리십시오. 내것으로 만드십시오."

자매님. 아멘!

타인의 성공 버전에 휩쓸려 들어가기는 쉽지만 그렇게 되면 당신 스스로의 길을 잃어버릴 수 있다. 어떤 이들은 세상을 바꾸고 싶어 한다. 어떤 사람들은 돈을 추구한다. 존경, 명성, 무엇이든 할 수 있는 자유를 추구하기도 한다.

크리스 개럿Chris Garret의 정의도 마음에 든다.

"당신이 살고 싶은 삶을 살아가는 것이 성공입니다. 아침에 눈 뜨면 행복하고 그러한 삶을 함께 나누고 싶은 사람들과 함께 하는 것입니다."

이런 정의도 괜찮다.

"당신이 사랑하는 일을 매일 하는 것, 그것이 궁극적인 사치다." – 워렌 버핏Warren Buffet

여기서 깜짝 퀴즈 하나. 성공의 반대말은 무엇일까?

내가 점술가는 아니지만, 당신이 어떤 답을 냈을지 짐작은 간다. 성공의 반대는 실패라고 했을 것이다.

틀렸다. 전문 연설가인 조 말라키Joe Malarkey가 정확히 지적한 대로 성공의 반대말은 '아무것도 하지 않는 것'이다. 실제로, 실패는 성공을 위한 필수요소다. 조는 성공한 사람 모두 실패의 경험이 있지만, 실패에 오래 머무르지 않았다고 지적한다.

때때로 우리는 누군가의 성공 방정식을 그대로 따르는 것이 실패를 피할 수 있는 확실한 처방전이라고 생각한다. 우리는 실패를 싫어한다. 지는 것도 정말 싫어한다. 우리 대부분이 실패 자체를 회피하기 위해 노력한다.

자전거를 배워본 사람은 적어도 몇 번의 실패 경험이 있을 것이다. 도로에 너무 자주 넘어져서 도로에 접근금지 명령을 내리고 싶은 심정이었을 것이다. 그러나 당신은 몇 번이고 다시 일어났다. 무릎에 헬로키티 상처밴드를 붙이고 (헬로키티 밴드를 붙였던 사람은 나뿐인가?) 다시 자전거에 올랐다. 약간의 코칭을 받고 인내심을 가지고 노력한 결과, 마침내 성공했을 것이다.

실패는 재미없다. 하지만 소파에 앉아서 자전거 타는 방법을 배우는 건 엄청나게 어렵지 않겠는가.

기억하라. 당신은 당신을 주인공으로 한 스토리의 메인작가다. 당신 인생이라는 블록버스터의 방향성을 타인이 결정하도록 하지 않아야 한다. 그리고 제발, 아무것도 하지 않는 채로 그저 앉아만 있지 말라.

당신만의 성공 정의를 찾아내고 그 성공을 위해 행동하라.

ACTION!

Are WE ALIVE yet?

우리 아직도 살아있니?

15

휴가기간 동안 모든 것을 다 보고 경험해야 하느니

대부분의 사람들이 휴가에서 돌아오면 무엇이라고 말할까?

"휴가가 또 필요해!"

왜? 휴가 동안 몽땅 다 보고 경험하느라 스스로를 너무 혹사시켰기 때문이다. 겉으로 보기에는 그게 당연하다. 휴가를 가려면 상당한 금전적 투자를 해야 하니까. 어떤 경우에는 그곳에 처음이자 마지막으로 가는 것일 수도 있으니까. 그러니 최대한 뭔가 많이 할 수 있도록 노력해야 하는 게 당연하지 않은가?

토마스 머튼Thomas Merton(옮긴이주: 미국의 가톨릭교 성직자, 작가)은 자신의 책인 《그 누구라도 섬이 아니다 No Man Is an Island》에서 이 현상을 보는 다른 시각을 제시했다.

"그 전에 비해 더 많이 행동하고, 보고, 맛보고, 경험한다고 해서 더 알차게 사는 것은 아니다. 오히려 평소보다 더 적게 행동하고, 보고, 맛보고, 경험할 용기가 있어야 인생을 더 알차게 살아갈 수 있다는 점을 알아야 한다.

관광객이 관광가이드 책자를 가지고 박물관을 한 바퀴 돌았다고 가정해보자. 유명한 전시물이란 전시물을 몽땅 자세하게 관람했는데, 정작 박물관을 나설 때 기운이 빠진다면 어떨까. 모든 전시물을 다 봤다고 해도 사실은 아무것도 못 본 것과 같다. 열심히 노력했지만 피곤해지기만 한 것이다. 만약 그 관광객이 정말 마음에 드는 그림 한 점 앞에 멈춰 서서 마음껏 감상하고 나머지는 모두 잊어버렸다면, 시간을 낭비한 것은 아니라는 생각으로 위안할 수 있었을 것이다. 자신의 바깥에 있는 것은 물론이고 자신 안에 있는 그 무엇인가를 발견할 수 있었을 것이다."

머튼의 조언은 통념에 대한 정면 반박이다.
경험을 적게 하면 더 알차게 살아간다고?

그런데 그의 말이 맞다고 생각하지 않는가? 실제로 휴가를 시작할 때보다 휴가를 마칠 때 더 피곤해지는 경우가 많다. 그러다 보니 휴가 후유증에서 회복하기 위한 또 다른 휴가를 갈구하게 된다. 머튼 책에 나오는 관광객처럼, 우리는 휴가기간 동안 죄다 해봐야 하고, 가봐야 하고, 먹어봐야 한다고 확신한다.(적어도 관광박람회에서 본 주요 관광코스는 되도록 다 찍어야겠다고 생각한다.)

뉴욕 관광명소를 여기저기 찍고 다니는 대신, 하루를 온전하게 엘리스 아일랜드에서 보내거나 센트럴파크에서 빈둥거리면서 보낸다면, 여행이 얼마나 풍성해지겠는가?

몇 년 전 위스콘신 주 도어 카운티에서 가족과 휴가를 보냈을 때다. 성인(이라는 표현은 가끔 설렁설렁 사용한다.)이 된 후 형제들과 처음으로 떠난 가족 휴가였다. 낮 동안 우리는 따로따로 다녔다. 아내와 나는 하이킹을 갔고, 부모님은 동네 상점을 둘러봤고, 형 가족은 자전거를 탔다. 밤에는 함께 모여 그린베이 호숫가에서 캠프파이어를 하며 저녁식사를 했다.

하룻밤은 내 조카가 젤리빈 한 상자를 꺼내 놨다. 유의할 사항은, 이게 흔히 보는 젤리빈이 아니라는 것이었다. 소설 《해리포터》에서 영감을 받은, 젤리벨리 브랜드의 버티 바츠라는 캔디였는데 과일맛, 버터팝콘맛과 함께 '토사물맛', '곰팡이 핀 치즈맛', '지렁이맛' 같은 것이 혼합되어 있었다.

보름달이 휘영청 떠 있었고 캠프파이어에 남은 불꽃만이 주변을 비추고 있는 가운데, 누군가가 젤리빈으로 러시안 룰렛 게임을 하자고 제안했다. 컨셉은 단순했다. 젤리빈 상자를 돌리고, 상자 안에서 젤리빈을 꺼내 먹어보고 맛을 맞춰보는 것이다.

어머니는 이 게임을 별로 마음에 들어 하지 않으셨지만, 용기 있게도 이 게임에 참여하셨다.(사실 게임에서 걸려서 '정어리맛'젤리와 '토사물맛'젤리로 보이는 것을 계속 맛봐야 했던 사람은 아버지였다.)

엄청나게 재미있었다. 그날 젤리빈을 다 먹어서 다음 날 새로 한 상자를 더 사야 할 지경이었다. 잘 모르는 독자를 위해 설명하자면, 도어 카운티는 전형적인 가족 휴양지로써 놀거리가 아주 많다. 와인 맛보기, 낚시, 갤러리 등……. 우리 가족도 그런 놀거리에 많이 참여했다. 하지만, 가족 모두에게 가장 멋진 추억으로 남은 것은 바로 밤하늘에 뜬 별을 보며 캠프파이어를 하고, 웃고 이야기 나누며 구역질나는 젤리빈을 먹은 기억이었다.

잊을 수 없는 기억이었지만, 계획에는 없던 것이었다. 우리가 시간을 '그렇게 보내지' 않았더라면 우리 가족은 그 좋은 추억을 가질 수 없었을 것이다.

활동을 좀 줄이고 인생을 단순화한다는 생각은 현 세대가 그 무엇보다 더 귀담아 들어야 할 메시지일 수도 있다. 평화와 행복을 찾는 열쇠이자, 놀랍고도 활기 넘치며 소중한 기억을 남기는 휴가를 즐길 수 있는 숨겨진 비법이다.

쉬는 시간 동안 되도록 많은 활동을 꾸역꾸역 쟁여 넣기보다는, 스스로에게 숨 쉴 여유를 좀 주자. 동물원 펭귄을 보면서 다음번에 봐야 할 4개 전시관에 대해 생각하기보다는, 그냥 펭귄을 보는 것으로 하자.

bigger... Plymouth station wagons
For your TV entertainment, Plymouth presents two great shows: "The Betty White Show" and Lawrence Welk's "Top Tunes and New Talent." See TV section for time and station.
kotecki

1 cup low-fat plain yogurt
2 cups ice
Blend and enjoy!
From California
2/$1

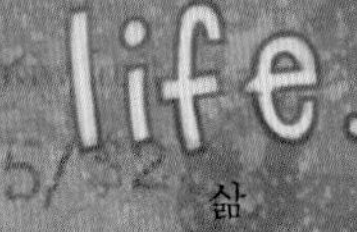

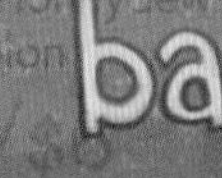
life.
삶
balance.
균형
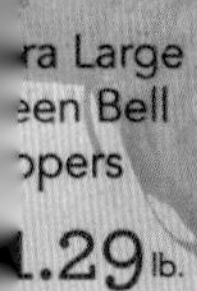
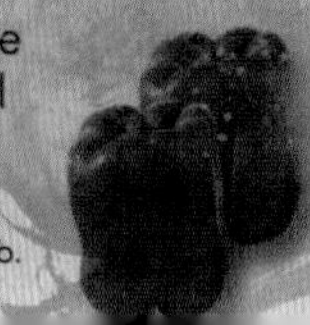
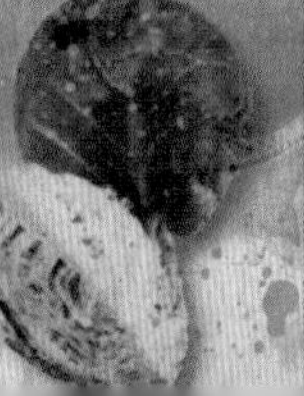

Green
Cabbage
59¢ lb.
Carrot Chips or
Julienne-Cut
Carrots
10-16 Oz.
2/$3
Fresh Express
Whole Leaf
Spinach
9 Oz.
2/$3

16

네 몫의 밥은 다 먹어야 하느니

"콩 골라먹지 마! 아프리카 아이들은 먹고 싶어도 못 먹는 거 알아?"

이 말이 내 머릿속에서 계속 맴돈 덕분에, 밥을 남기면 엄청난 죄악을 저지르는 줄만 알았다. 이 말만 들으면 〈멋진 인생 It's a Wonderful Life〉(옮긴이주: 제임스 스튜어트 주연의 1946년 미국 영화) 영화 대사가 생각난다. "벨이 한 번 울릴 때마다 천사 한 명이 날개를 달아요!"라는 어떤 꼬마의 대사 말이다. 내 경우에는 접시에 담긴 음식을 한 젓가락씩 남길 때마다 에티오피아 아이가 한 명씩 죽는 줄 알았다.

하지만 반 친구한테 감자튀김 뺏어 먹는 불량청소년처럼, 내가 가나 소녀에게서 완두콩을 빼앗은 것도 아니지 않은가. 남긴 음식을 아이티에 있는 굶주린 아이에게 보낼 수만 있다면 기꺼이 그렇게 하겠다.

세계 식량 분배 문제가 없다고 말하는 것이 아니다. 내 밥그릇에 담긴 음식을 다 먹어도 그 문제는 해결할 수 없다는 말이다.

한편으로는 이런 생각도 하게 된다. 음식을 남기면 돈을 낭비하게 된다고. 오늘 아침만 하더라도 이 책을 쓰느라 커피숍에 가서 내 머리만한 크기의 시나몬롤을 샀다. 머리만큼 커다란 시나몬롤을 먹을 필요는 없었지만 그 커피숍에는 그것밖에 없었다. 빵을 다 먹기 한참 전에 이미 배가 불러왔지만, 남긴 빵을 버리는 건 속이 쓰렸다. 지갑을 불태우는 듯한 기분이 들었기 때문이다. 하지만 대안이 없지 않은가. 바리스타에게 시나몬롤을 아기 주먹만한 크기로 잘라 절반 가격에 팔라고 부탁해도 들어줄 리 만무하다.

죄책감을 조장하고 존재하지도 않는 규칙을 완강히 수호한다는 측면에서 볼 때, 어른병은 전혀 논리적이지 않다.

미국의 비만 문제가 심각하다는 점은 널리 알려져 있다. 어떻게 그 문제를 해결할지에 대해서는 각자의 의견이 다를 것이다.

영양사인 내 친구 질 플레밍Jill Fleming 은《날씬한 사람들은 밥그릇을 비우지 않는다 Thin People Don't Clean Their Plate》란 책을 썼다.

나는 의학 전문가가 아니지만, 바로 거기가 다이어트의 좋은 출발점일 수도 있다.

뱃살에 대한 선물을 준다는 마음으로, 음식물 쓰레기통에 죄책감을 던져버려라. 당신 앞에 놓인 밥을 꾸역꾸역 다 먹을 필요는 없다.

"난 그린 에그와 햄이 싫어. 난 샘이야."
(옮긴이주: 미국의 만화 작가 닥터 수스Dr. Seuss의 《그린 에그와 햄Green Eggs and Ham》에 나오는 문구로 녹색 계란과 햄을 먹기 싫어하는 샘이 한번 먹어볼 것을 권하는 친구에게 하던 말이다.)

SUPER is as SUPER does
슈퍼맨은 행동으로 말한다.
What?
I'm not sure what RIBOFLAVIN is, but it doesn't sound good.

집 밖을 나설 때는 항상 청결한 팬티를 챙겨 입어야 하느니

전 세계 어머니들은 공통적으로 집 밖을 나설 때 항상 깨끗한 팬티를 입어야 한다고 생각하는 것 같다.

사고가 났을 때를 대비해서 말이다.

사고가 나서 당신이 병원으로 실려 갔다고 가정해보자. 응급처치 요원이 팬티를 벗겨야 하는 상황이 왔는데, 흰색 팬티가 생각만큼 흰색이 아니다. 그러면 당신의 어머니에게 즉시 이 사실이 통보되고 어머니는 '나쁜 어머니 불명예의 전당'에 등재된다.

또는 이런 상황이 있다고 가정해보자.

"린다네 집 애가 사고 났다는 얘기 들었수?"

"응. 뉴스에서 봤어. 애는 괜찮은 것 같아. 근데, 누구누구를 아는 누구누구한테 들었는데 말야. 애 팬티가 지저분했었대."

"창피하기도 하지. 왠지 그 집안이 그럴 것 같았어."

콜로라도 주의 그랜드정션이라는 도시에서 열린 유아교육 전문가 컨퍼런스에 연사로 초청됐을 때의 일이다. 덴버에서 온 한 여성은 1년 전 산길 도로를 운전하던 때를 떠올렸다. 그녀는 운전 중이었는데 갑자기 엄청나게 큰 바위가 산 위에서 자신의 차 앞으로 굴러 떨어졌다고 한다. 너무 큰 바위라서 땅이 흔들리는 느낌마저 들었다. 다행히도 차 위에 떨어지지 않아서 아무도 다치지는 않았다.

슈퍼히어로 노릇 하는 게 쉽지는 않군.

유명해지는 것도, 팬들도……

꼬마야! 팬티 멋지다!

도대체 왜 팬티에 대한 중요 '규칙'을 얘기하고 있다가 뜬금없이 바위 이야기를 하느냐고 의문을 가지는 사람이 있을지도 모르겠다.

간단하다. 운전하면서 그냥 이것저것 생각하고 있었는데, 갑자기 몇 톤짜리 바위가 차 앞에 굴러 떨어지는 것을 봤다고 치자. 바위가 굴러 떨어지기 전 팬티가 깨끗했다고 치자. 그 후에도 과연 팬티가 깨끗할까?

사실, 내게 뭔가 심각한 사고가 생겨서 병원으로 응급 후송되는 상황에서 남들이 내 팬티를 벗겨야 하는 상황이 된다면 내 팬티도 지저분할 가능성이 아주 크다고 생각한다.

그래서 이런 결론을 내렸다. 물론 청결한 팬티를 입는 게 좋기는 하겠지만, 어머니들이 생각하는 것만큼 그렇게 막 지켜야 하는 아주 중대한 규칙은 아니라고.

저 말에 신경 쓰면 진짜 저렇게 된다.

어쩌면, 굴러 떨어지는 돌을 주의하자는 게 더 쓸모 있는 규칙일 건 같다.

Hello
my name is

BOB

안녕하세요. 제 이름은 밥입니다.

KOTECKI

18

행사가 끝나면 이름표를 즉시 제거할지니

모임이나 행사에 가본 적이 있을 것이다. 컨퍼런스, 수련회, 네트워크 모임. 이런 데 가면 이름표를 나눠주는데, 행사가 끝나면 가슴에 달린 이름표를 공포에 질린 듯 내려다보게 된다. 셔츠에 아직도 이름표가 달려 있다. 마트 바겐세일 행사에서 산 신발을 신었다며 중학생들이 놀려대는 것처럼 이름표가 당신을 비웃는 것만 같다.

헉!

갑자기 확 부끄러워진 당신은 얼마나 많은 사람들이 내 가슴 위에 달린 멍청함의 표시를 봤을지 머릿속으로 계산해본 후, 그나마 이 창피한 상황을 누가 직접 지적해서 민망해 죽을 지경까지 간 것은 아니기에 다행이라고 생각한다.

왜냐하면 모두가 다 알고 있겠지만, 네트워크 모임 같은 데서는 이름표가 유용하지만 행사 후에는 즉시 이름표를 떼어야 하기 때문이다.

그런데 꼭 그래야만 하나?

숨겨진 규칙 대부분이 사실 규칙처럼 보이지는 않는다. 그렇기 때문에 인식조차 하지 못하는 것이다. 행사 후 즉시 이름표를 떼어야 한다는 것은 규칙이라기보다는 그냥 상식처럼 보인다. 특히 당신이 주변 사람들에게 아무 생각 없는 멍청이로 비추어지지 않기를 바란다면 더더욱 그렇다.

게다가, 누가 이 규칙을 심지어 깨기를 바라겠는가? 이름표를 달면 위험 요소는 많은 반면 얻을 것은 별로 없지 않은가.

내기 하나 하면 어떨까?

내 절친한 친구 스캇 긴스버그Scott Ginsberg는 매일 이름표를 다는 행위를 통해 자신의 커리어를 쌓았다. 대학교의 한 행사에 참석한 스캇은, 행사 후에 이름표를 쓰레기통에 버리는 남들과는 달리 이름표를 계속 달고 있겠다는 운명적인 결정을 했다. 그 이후 스캇은 매일 그 이름표를 달았다. 30년 이상. 이 글을 쓰고 있는 시점으로 보면 5,000일 동안 계속 이름표를 달고 지냈는데, 스캇은 이름표를 계속 달고 지낸 자신의 경험을 토대로 '더 다가가기 쉬운 사람이 되는 방법'이라는 주제의 전문 작가이자 강사, 컨설턴트가 됐다.

그는 수십 권의 책을 썼고, 세계 여러 나라의 강연에 초청됐으며 〈유에스에이투데이USA Today〉, 〈20/20 (옮긴이주: 시사 프로그램)〉, 〈월스트리트저널 Wall Street Journal〉 같은 유명 언론에도 등장했다.

이 모든 것이 남들은 차마 하지 못했던, 규칙을 과감히 깬 덕분이었다.

깰 가치가 없다고 생각한 규칙을 과감히 깨면, 많은 것을 얻을 수도 있다.

아무 생각 없이 규칙대로 살기?

그것이야말로 위험한 것이다.

you are beautifull

당신은 아름다워요!

주름을 철저히 가릴지니

이번 규칙은 여성분들에게 해당되는 것이다.

솔직하게 공개한다. 지난번 체크해본 바로는 나는 여성이 아니다. 그래서 여성들이 겪는 상황에 대한 전문가라고 말할 수는 없다. 하지만 여성들에게 공감하는 부분이 한 가지 있는데, 외모에 대해 쏟아지는 메시지가 엄청나게 많다는 점이다. 물론 남자들도 식스팩이라고 불리는 초콜릿 복근을 만들어야 한다는 부담감이 있다.(나는 식스팩의 6분의 1 정도 만든 상황이다!) 하지만 여성들이 매일 겪는 외모 부담에 비하면 아무것도 아니다.

주름살 얘기를 해보자. 주름살은 악마 같은 존재다.

어떤 상황에서도 피해야 하는 존재인 것처럼 느껴진다.

내 아내가 친구 집에서 열린 파티에 갔다가 들은 무시무시한 이야기를 해준 적이 있다. 이마 주름, 눈가 주름, 목 주름이라는 악마가 찾아올지 모른다며. 당최 왜 그런 모임을 '파티'라고 부르는지 도무지 이해할 수 없었다.

주름 방지, 노화 억제, 나아가 지구 온난화까지 한 큐에 막아준다는 고가의 '기적의 크림'이 출시됐다는 얘기도 나왔단다.

그 마법의 크림이 주름을 가리는 효과가 있다는 건 잘 알겠다. 크림 사용 전과 사용 후 사진도 봤다. 사진은 거짓말하지 않으니까, 믿을 만하다. 그렇다고 해도 무언가를 막아주는 기능이 있다고? 크림을 바르면 어차피 생길 주름이 약간 늦게 생길 수는 있겠지만, 아예 주름이 생기는 것을 방지한다? 그건 아닐 것이다.

그 누구도 100세에 세상을 떠나면서 19세의 얼굴을 할 수는 없는 법이다.

그런데 그렇게 기를 쓰고 젊게 보이려는 노력은 재앙이 될 수도 있다. 보톡스, 필러, 주름 제거 시술 부작용으로 얼굴이 엉망이 된 유명인들 사진을 보면 잘 알 수 있다. 현실을 직시하자. 60세 노인이 서른 살처럼 보이려고 한다? 그렇게 안 보인다. 끔찍해 보일 뿐이다. 억지로 젊어 보이려고 하면 스티븐 킹Stephen King의 *《잇It》이란 소설에 나오는, 광대를 두려워한 광대같이 보일 뿐이다.(*옮긴이주: 스티븐 킹의 공포소설로, 모습을 바꿔가며 아이들을 죽이는 살인마 광대의 이야기)

그리고 그렇게 애써서 젊게 보이려고 해도 누구의 눈도 속이기는 어렵다. 오히려, 안타깝게도 그 사람의 예전 모습을 떠올리게 하거나 늙는 것을 피하려고 미친 듯이 노력한다는 것만 떠올리게 한다.

그리고 이 부분은 꼭 알았으면 한다. 자신의 모습을 포용하고 현재 인생을 온전히 소유하려고 하는 여성이야말로, 엄청나게 섹시해 보인다는 것을.

자신감을 갖는 것이 그 어떤 크림을 바르는 것보다 훨씬 더 섹시하다. 자신감은 주사바늘에서 나오는 게 아니라 자기 스스로로부터 나오는 것이다. 아내는 또래보다 눈가 주름이 좀 더 심한 편이다. 아내는 또래 여성들보다 훨씬 더 많이 웃는 편이다. 그 웃음은 진짜 웃음이다. 주름 제거 시술로 만들어진 영구적인 미소와는 차원이 다르다. 우리 몸은 계속 늙어 간다. 그것을 멈출 방법은 없다. 그러나 우리 안에 존재하는 동심의 에너지는 결코 늙지 않는다.

제발, 제발, 제발, 그 어떤 경우라도 당신이 아름답지 않다고 생각하게 만드는 사람들의 상술은 무시해버려라.

즐거움을 사랑할 수 있는 능력, 반짝이는 눈빛, 풍겨 나오는 장난기……, 그런 것을 갖춘 여성이 진정 아름답다.

get CURIOUS

호기심을 가져라.

20

일반 상식을 수용할지니

2011년, 온라인쇼핑몰 아마존Amazon에서 팔려나간 전자책 부수가 종이책을 넘어섰다. 아이패드나 킨들 같은 모바일 기기로 촉발된 전자책의 놀라운 성장은 출판업계의 대응 방식 때문에 더 흥미를 끌었다. 전자책은 여러모로 기존의 질서를 깨뜨렸다. 낡은 방식을 고수하던 기업들이 좋아할 리 없었다.

그래서 〈멘탈 플로스 Mental Floss〉란 잡지에서 본 기사가 내 흥미를 끌었다. 페이퍼백(옮긴이주: 겉표지가 딱딱하지 않은 책)이 처음 등장했을 때 기존 질서를 비슷하게 깨뜨렸다는 내용이었다. 1939년에 미국에 첫 페이퍼백 책을 들여온 로버트 드 그라프Robert de Graff는 권당 단돈 25센트의 가격으로 책을 팔았는데, 당시 보통의 하드커버 책자는 권당 2달러 이상이었다. 일부 유럽 출신 출판사들이 페이퍼백 책 판매에 성공했지만, 뉴욕 출판사들은 종이도 약하고 싸구려 책이 미국에는 먹히지 않을 것이라고 생각했다.

그 판단은 틀렸다. 그라프가 인쇄한 10만 부의 초판 책자는 단 1주일 만에 매진됐고, 첫 해 동안 300만 부 이상의 판매부수를 올렸다. 그라프는 신개념의 책을 들여오는 동시에 마케팅과 책 유통 방식에도 변화를 줬다. 그는 이전에 책을 팔지 않았던 신문가판대, 약국, 전철역 같은 곳에서도 책을 팔았다. 큼지막하고 단색으로 별다른 그림이 없는 유럽 스타일의 책표지 대신, 그라프는 색색깔의 눈길을 끄는 그림으로 표지를 장식했다.

이쯤에서 아마 이런 의문점이 들 것이다. "갑자기 웬 출판업계 역사 강의람?"

존재하지도 않는 규칙은 여기저기에 있다. 개인적 차원의 규칙도 있겠지만 직업적으로 지켜야 한다고 생각하는 규칙도 있다. 20세기 초반의 '규칙'은, 책은 하드커버여야 하고 오로지 서점에서만 판다는 것이었다. 로버트 디 그라프는 이 규칙을 무시하고 세상을 바꿨다. 콘텐츠 스트리밍 사이트인 넷플릭스Netflix 또한 영화 대여는 대여점에서 해야 하고, 고객 재방문을 위해 연체료를 물려야 한다는 '규칙'을 깼다.

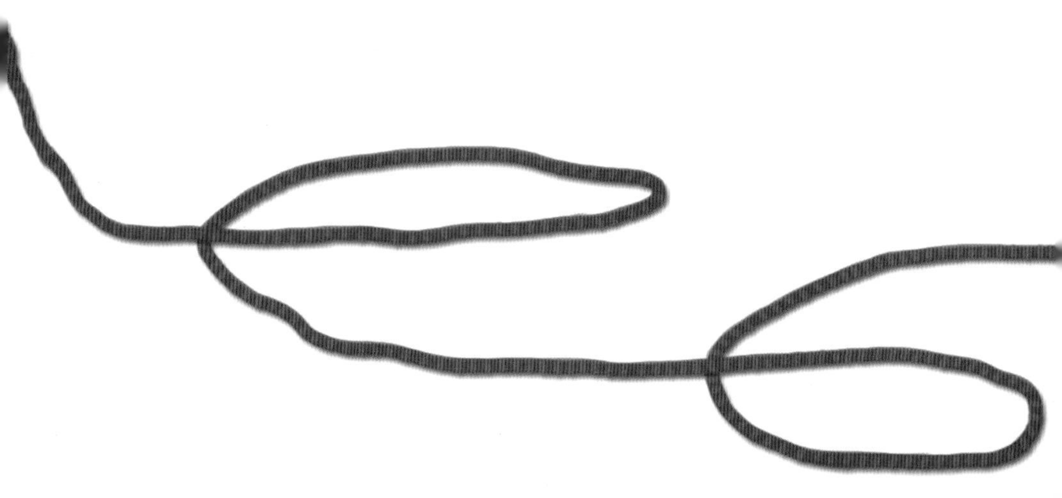

월트 디즈니Walt Disney 역시, 관객들이 장편 애니메이션을 끝까지 앉아서 보지 않을 것이라는 '규칙'을 무시했다. 디즈니는 과감히 장편 애니메이션 〈백설공주Snow White〉를 선보였다.

놀랍게도 수십 년이 흐른 후에도, 영화 전문가들은 관객들이 컴퓨터그래픽으로 만든 장편 애니메이션을 자리에 앉아 끝까지 보지 않을 것이라고 예언했다. 존 라세터John Lasseter(옮긴이주: 미국의 애니메이션 영화감독)와 영화사 픽사Pixar는 〈토이 스토리Toy Story〉를 발표하며 이런 규칙을 깼다.

비즈니스의 경우, 존재하지도 않는 규칙을 과감히 타파해서 잘 된 사례는 차고도 넘친다. 기존 방식대로 하는 것이 물론 안전해 보이기는 하지만.

기존 방식을 고수하다가 회사가 망한 경우도 있다. 비디오대여점 체인이었던 블록버스터Blockbuster가 넷플릭스의 비즈니스모델을 도입했더라면 어땠을까. 그러나 블록버스터는 늘 하던 사업 방식에 매여 있었다. 낡은 규칙을 깨고 새로운 기회를 모색하는 데 실패한 블록버스터는 1,700개나 되는 가맹점 전체를 폐업시키고 파산에 이르렀다. 아뿔싸!

어른과 비교해 아이들의 장점은 '일반 상식'에 얽매이거나 제약받지 않는다는 것이다. 아이들은 모든 것을 가능성의 테이블에 놓고 본다. 아이들에게 삶이란 다채로운 가능성으로 가득한 만화경이다. 아이들은 점점 나이가 들어갈수록 가능한 것과 불가능한 것을 굳이 구분하는 '일반 상식'을 강요하려고 애쓰는 세상을 만나게 된다.

당신이 소속된 회사나 조직, 분야에서도 존재하지 않는 규칙을 포착할 수 있다면 (그리고 그 규칙을 과감히 깰 수 있다면) 놀라운 결과가 있을 것이다. 규칙을 통해 눈에 당장 보이는 경제적 효과는 잊어라. 당연하게 여겼던 규칙을 깨면 숨겨진 기회가 있을 것이다. 그것을 충분히 활용하라.

쉽지는 않다. 소위 규칙이라 불리는 것들은……, 정말 규칙으로 느껴지기 때문이다. 움직이거나 뒤흔들 수 없을 것만 같다. 많은 이들이 하던 대로 해야 된다고 생각한다. 다른 방식을 제안하면 웃음거리만 될 것이다.

그러나 현명하고 호기심이 풍부하며 아이의 동심을 가지고 있는 사람들은 안다. 책을 팔거나, 비디오를 대여하거나, 사업을 하거나, 삶을 살아가는 더 나은 방식이 어딘가에 있을 것이란 걸.

바로 그런 사람이 되자.

OOPS

"컨셉은 흥미로운데, C학점 이상 받으려면 아이디어가 실행 가능해야지요."

– 예일대 교수가 비즈니스 컨셉 리포트를 보고 한 말.
이 리포트는 후에 페덱스FedEx란 기업의 모태가 됐다. 1965년

"실패하는 게 게리 쿠퍼가 아니라 클라크 게이블이 될 테니 다행이네요."

– 영화 〈바람과 함께 사라지다Gone with the Wind〉의 레트 버틀러 역을 거절한 게리 쿠퍼가 한 말. 1939년

"저 음악 별로인데. 게다가 기타는 이제 한물갔잖아."

– 음반회사 데카 레코딩Decca Recording Co.이 비틀즈the Beatles 계약을 거절하며 한 말. 1962년

"이 '전화'라는 것은 커뮤니케이션의 진지한 수단으로 보기엔 단점이 너무 많다."

– 웨스턴 유니온Western Union 사의 내부 메모. 1876년

"발명 가능한 것은 이미 전부 발명됐다."

– 미국 특허청장 찰스 H. 듀엘Charles H. Duell. 1899년

"자동차가 장거리 여행용으로 철도를 대체할 수 있다는 상상은
바보 같은 꿈에 불과하다."

– 전미도로회의American Road Congress. 1913년

"공기보다 무거운 관계로 이 하늘을 나는 기계라는 건 불가능하다."

– 켈빈 남작Lord Kelvin. 로열 소사이어티Royal Society 회장. 1895년

easy peasy Lemon Squeezy
식은 죽 먹기야.
Kotecki

자녀들에게 백만 가지의 방과 후 활동을 시킬지니

아이가 여름방학 동안 좀 게으르다 싶으면 어떻게 되는가?

어린 시절에 어머니가 형과 내게 하시던 말씀이 기억난다. 놀 게 없어 심심하다고 불평할 때 즐겨 하시던 말씀은, "그렇게 심심하면 엄마가 네가 할 일을 찾아볼 수 있을 것 같구나." 였다.

어머니가 말하는 일이라는 건 절대 주말에 디즈니월드를 가는 게 아니었다.

어머니 아이디어로 상황을 해결하기보다는 그냥 우울하고 지겨워하는 편이 항상 더 나았다.

지금 돌이켜보면, 우리 어머니는 천재였던 것 같다.(감사는요 뭘, 어머니.)

앤 플레셔트 머피Ann Pleshette Murphy가 〈유에스에이위크엔드USA Weekend〉 지에 쓴 기사에 따르면, 사실 아이들에게는 지루한 게 바람직하다고 하다.

아이들에게 방과 후에 할 수 있을 만한 꺼리를 많이 제시하는 건 좋다. 단 지나치게 많은 활동을 하게 되면 아이들이 스트레스를 받게 된다. 실제로, 아동 건강 관련 정보를 제공하는 웹사이트인 '키즈헬스KidsHealth'에서 실시한 설문조사에 따르면 41퍼센트의 응답자가 할 게 너무 많아서 일상생활 중 대부분의 시간 동안, 또는 언제나 스트레스를 느낀다고 한다. 또한 이 조사에서는, 강제로라도 지루하거나 멍 때리는 시간을 가져야 창의성과 연관된 뇌파가 발생한다고 한다. 비디오게임, 텔레비전, 숙제를 할 때가 아니라 앉아서 생각하는 시간이 있어야 아이들의 뇌에서 다른 종류의 학습을 할 수 있다는 것이다. 또한 차분하게 앉아 스트레스를 가라앉힐 수 있는 능력은 평생 건강에 도움이 된다.

"강제로라도 지루한 시간을 가져야 한다는 원칙이 있다고?" 어머니는 정의 수호를 위해 원칙은 꼭 지키는 *고든 경감 같은 분이었다.(*옮긴이주: 만화 〈배트맨〉에서 배트맨을 도와 고담시를 지키는 착한 경찰) 하지만, 나와 형이 심심해하는 걸 볼 때마다 어머니는 보통 우리에게 뭔가 흥분되는 새로운 일을 시켰다. 같은 시간 동안 집 뒤뜰을 〈스타워즈〉에 나오는 숲처럼 꾸밀 수 있는데 디즈니월드가 웬 말인가?

슬프게도 여름방학 같은 지루한 날은 거의 사라졌다. 아이들에게 더 이상 지루함의 선물은 주어지지 않으니까.

교회에서 청소년 전도사로 봉사하고 있던 랜디라는 친구와의 대화가 생각난다. 그 동네에서 10대들이 직면한 가장 큰 문제는 뭐냐고 물어본 적이 있었다.

"마약이지." 랜디가 답했다.

랜디는 처방전으로 받을 수 있는 약 종류가 아주 많다고 설명한 후 *'스키틀즈Skittles 파티'라는 아이들의 파티에 대해 말해줬다.(*옮긴이주: 스키틀즈, 과일맛 나는 캔디 종류) 이 파티에 온 아이들은 각자 집 약상자에서 가져온 약을 큰 그릇에 담고 돌아가며 한 움큼씩 약을 쥐어 삼킨다. "무슨 일이 일어나는지 보자."는 것이다. 물론, 심각한 문제가 발생하게 된다. 어떤 아이가 특정 약을 남용하거나 몸에 부작용이 발생해도 응급실에서는 무슨 약을 먹었는지 알 길이 없어 어찌 치료해야 할지 감을 잡을 수 없기 때문이다.

헤로인과 코카인도 랜디가 가르치는 10대 청소년들의 삶을 침범하기는 한다. 하지만 의사에게 처방받은 약은 이런 마약중독으로 가는 손쉬운 입문 수단이 된다. 포장에 약이라고 써 있고, 의사들이 처방해주기 때문에 안전해보일 수도 있다. 예를 들어, 비코딘이라는 약은 축구하다 다쳤을 때 먹는 진통제로 쉽게 처방받을 수 있다. 그러나 이런 약을 계속 먹기 시작하면 습관성이 되는 경우가 많다. 알약 하나를 사기 위해 부르는 값이 25달러나 되기도 한다. 이 모든 현실이 범죄 위험이 높은 대도시 우범지대가 아닌, *록웰의 그림에나 나올 법한 작고 평온한 마을에서 벌어지는 일이다.(*옮긴이주: 노먼 록웰Norman Rockwell, 20세기 미국의 화가. 일러스트레이터로 주로 중산층의 삶을 화폭에 담았다.)

이렇게 약물남용에 빠지는 아이들은 약 종류만큼이나 다양하다. 당신이 생각할 만한 그렇고 그런 아이들은 물론 운동선수, A학점만 받는 모범생, 학교 합창단이나 연극부 아이들도 있다.

이 이야기를 듣고 나는 랜디에게 물었다. "그래서, 이 모든 현상의 원인은 뭐라고 생각해?"

"아이들이 너무 바빠." 랜디는 즉답했다. "스케줄도 너무 많고 감당할 게 너무 많은 거야. 한마디로 일이 많은 거지. 공부도 잘해야 하고, 운동도 잘해야 되고……. 이런 기대를 충족해야 한다는 강박관념에 시달리는 거야. 아이들이 아이들답게 있을 시간이 없어."

랜디의 분석은 간단하지만 비극적이고 슬픈 현실을 보여준다. 아이들이 할 일을 좀 줄여주기만 해도 아이들의 삶이 훨씬 더 나아지지 않을까.

아이들을 이렇게 바쁘게 돌리는 목적은 무엇인가? 아이가 그 분야 전문가가 되라고 사전에 투자하는 것?(차라리 복권을 사는 게 더 낫겠다.) 대학 전액장학금을 받을 가능성을 높이는 것?(그럴 기회가 엄청 적다는 걸 잘 알고 있으면서!) 아이가 이런 걸 잘했다며 당신 친구들에게 겸손한 척하다가 사실은 자랑하기 위해서?(아이의 정신과 상담 비용을 위해 저축부터 시작해야 할지도 모른다.) 스포츠맨십, 희생, 팀워크 등의 가치를 아이들에게 가르치기 위해서?(그런 목적이라면 그보다는 비용도 더 적게 들고 시간도 덜 드는 방법이 있지 않을까?)

그런 방법이 있다. 제이라는 한 남자에게서 받은 이메일 덕분에 알게 된 방법이다. 제이의 이메일은 '흙바닥 리그'에 대한 것이었다.

세 아들을 각각 스포츠 수업에 데리고 다니는 게 도저히 불가능했던 제이는, 여름 내내 애들 스케줄을 짜는 대신 재미있게 보내기로 마음먹었다.

그는 비슷한 생각을 하는 부모들을 수소문해 일주일에 한 번씩 모이기로 했다. 흙바닥 리그에는 부모, 조부모, 모든 연령대의 아이들이 참여할 수 있다. 모임을 하는 근처에서 누가 어슬렁거리면, 아이들이 그 아이에게 손짓하여 같이 놀자고 할 수 있다.

흙바닥 리그에서는 야구, 축구, 가터볼(미식축구, 축구, 농구를 섞어놓은 것)을 한다. 《해리 포터》에 나오는 게임인 퀴디치도 훌라후프에 테이프를 붙여서 한다. 한여름 날씨에도 발야구를 하는데, 3루부터 홈까지는 비닐을 바닥에 깔고 물을 뿌려 홈인을 하려면 워터 슬라이딩을 해야 한다.

참가자들은 먹거리와 음료수를 가져와 함께 나눠 먹는다. 아니면 함께 피자를 주문하기도 한다. 규칙도 아주 느슨하다. 모두 운동장에 와서는 원하는 게임에 자유롭게 참가한다. 어떤 경우에는 운동장에 부모들만 남는 경우도 있다. 아이들은 부모들이 경기하는 걸 보며 깔깔거린다. 절대 지켜야 할 규칙은, 전자기기를 갖고 오면 안 된다는 것이다!

흙바닥 리그는 여름방학을 보내는 멋진 방법인 것 같다. 나만의 생각은 아닐 것이다.

아이들이 할 일을 조금 줄여주는 게 어떨까.

지루함이라는 은혜를 베푸는 건 어떨까.

그렇게 해도 문제가 풀리지 않는 사람들에게는,
아마 우리 어머니가 뭔가 할 일을 찾아줄 것이다.

GOODNESS GRACIOUS
GREAT BALLS OF FIRE

에구머니나. 어쩌면 좋아. (Goodness gracious great balls of fire) (옮긴이주: 1950년대 피아노 록큰롤 스타였던 제리 리 루이스Jerry Lee Lewis의 '그레이트 볼즈 오브 파이어Great Balls of Fire'의 후렴구 중)

당신이 차 안에서 춤추는 걸 남들이 보지 못하게 할지니

부인할 수 없는 사실이 하나 있다. 저니Journey란 그룹의 '돈 스탑 빌리빙Don't stop believin''이라는 신나는 노래가 운전 중 나오면 자동적으로 머리를 격렬하게 흔들고, 큰 소리로 노래를 따라 부르며 차 핸들을 두드리는 록큰롤의 신 또는 여신으로 변신하게 된다.

차 안이라는 안락한 공간에서 당신은 웬만한 스타 빰치는 존재가 된다.

당신 안에 있던 아이가 등장해 빗속을 벌거벗고 뛰어다니며, 누가 보든 말든 상관없는 상태가 된다.

그러다가 갑자기 어른병이 등장해, 앞에 멈춘 신호가 있고 유리창을 통해 당신을 남들이 볼 수 있다고 경고한다.

멍청이 어른병 같으니!

어른병은, 우리가 잠시 방심하면 바보 같아 보인다거나 망신살이 뻗칠 것이라고 속삭인다. 그래서 노래를 부르다 멈춘다. 여전히 안전하고 편안한 내 차 안인데, 스트레스와 걱정이 갑자기 몰려온다. 한번 소란스럽게 만들어 봐? 내가 그러면 안 되지. 시선 집중 좀 받아볼까? 안 돼.

멍청이, 멍청이 어른병 같으니.

우리는 어떤 경우에도 실없어 보이지 말라는 규칙을 지키는 동안, 우리 안에 있는 아이가 사실 다른 사람을 즐겁게 하고 하루 종일 기분 좋게 만들 수도 있다는 사실을 잊어버린다. 당신은 어떤지 잘 모르겠지만, 나는 누군가 자기 안의 스티브 페리Steve Perry(그룹 저니의 리드 보컬리스트)를 소환해서 노래 부르는 걸 목격했다면, 미소 지을 것이다.

옆 운전자는 '저런 미친 놈 봤나!'하고 생각하는 게 아니라, 그렇게 노래 부르는 우리를 보며 안도감이 들거나 행복해하거나 희망을 느낄 수도 있지 않을까?

내 친구 이나는 전 세계 사람들에게 차 안에서 춤추는 모습을 동영상으로 찍어서 보내달라는 프로젝트에 참여한 적이 있다. 스스로 차 안에서 춤을 춰본 이나는 자신이 느낀 도발적인 경험을 공유했다.

"춤을 추며 좀 더 자유로워지는 시간을 통해 저는 사람들 사이의 벽이 허물어지는 걸 느꼈어요. 운전하면 나만의 세상 안에서 타인과는 유리되죠. 그렇기 때문에 차 안에서 춤출 때의 즐거움을 공유하면, 차라는 껍데기를 깨고 나와서 타인을 터치하고 미소 짓게 만들고, 사람과 연결된 듯한 기분을 느낄 수 있게 된답니다."

생각해보자. 결과가 어찌 될지 크게 생각하지 말고 차 안에서 춤출 자유를 스스로에게 허락하면, 운전하는 동안 사회적 변화를 만들어내는 일원으로 참여할 수 있게 된다. 당신의 차 안에서 보노Bono(옮긴이주: 아일랜드 록밴드 유투U2의 리드 보컬리스트로, 사회운동에 활발하게 참여하는 아티스트)가 되어, 주변 사람들에게 마음을 좀 가볍게 가지라며, 인생 뭐 있냐 하면서 이 순간을 즐기라는 메시지를 전달해보자. 차를 세운 당신 옆 차 운전자는 어쩌면 이번 달 월세를 어떻게 마련하나 하는 걱정을 하고 있었을지도 모른다. 그런데 당신이 자유롭게 춤추는 걸 보고, 그 순간만큼은 왠지 모를 안도감을 느끼게 된다. 어쩌면 행복해 할지도 모른다. 어쩌면, '앞으로 다 잘 될거야!'라고 생각하게 될지도 모른다. 그렇게 된다면, 그야말로 강력한 경험을 만들어내는 것이다!

차 안에서 춤출 용기를 좀 더 내보자는 운동에 참여해보시라. 마치 아무도 보지 않는 것처럼 말이다. 남들이 보고 있다면 더더욱 용기를 내보자.

세상에서 일어나는 중요한 이슈에 해답을 제시하기 위한 자선 록콘서트가 그동안 얼마나 많았는가!

당신의 차를 그 콘서트장으로 만들어보자.

누가 그래?
says who
Presto
Swing
Kotecki
Piano
Pno.

결혼식 이후에는 웨딩드레스를 입지 말지니

웨딩드레스는 여성들이 평생 사는 옷 중에서도 가장 비싸다. 그런데 보통 평생 딱 한 번 입고 만다.

그래서 매년 결혼기념일에 웨딩드레스를 입고 남편과 함께 외식한다는 여성의 이야기를 들었을 때, 정말 멋지다고 생각했다.

레스토랑에 온 다른 손님들에게도 얼마나 보기 좋겠는가. 기혼자들은 결혼식 날의 행복했던 기억을 떠올릴 수 있고, 어려운 시기를 겪고 있는 커플에게는 문제를 해결하고 올바른 방향으로 나아가려는 의욕을 불러일으킬지도 모른다.

나는 결혼식 날 턱시도를 대여해서 입었지만, 만약 아직도 내가 그 턱시도를 갖고 있어서 결혼기념일에 입었더라면 아마 입을 때는 대형 구두주걱이, 벗을 때는 영화 〈죠스Jaws〉에 등장하는 상어 이빨이 필요했을지도 모른다. 그러니 매년 웨딩드레스를 입을 수 있는 그녀에게 찬사를 보낸다.

하지만 더 큰 찬사는 존재하지 않는 규칙을 과감히 깰 수 있는 그녀의 용기에 바쳐야 할 것이다.

{ 인생은 짧다.
규칙을 깨라.
당신을 미소 짓게
할 수 있다면
후회하지 마라. }

— 마크 트웨인Mark Twain —

~~im~~possible.

~~불~~가능

kotecki

24

현실적으로 행동할지니

"나에게도 꿈은 있어요. 하지만 모두 현실적이어야 하죠."

자신에게 꿈이 없다는 것은 아무도 인정하고 싶지 않아한다. 하지만 누구도 바보, 또는 실패했다는 평가를 듣고 싶어 하지도 않는다. 어차피, 꿈이 클수록 실패할 가능성도 커진다. 현실적인 꿈을 갖고 있다고 말하면 똑똑해 보인다. 성공할 가능성이 높고, 유치한 계획을 좇다가 옆길로 새지도 않을 것이라는 인상도 줄 수 있다. 하지만 여기에 문제가 되는 단어가 하나 있다.

바로 '현실적realistic'이라는 단어다.

무엇이 현실적이고, 무엇이 아닌지 누가 당신에게 말할 수 있는가?

라이트 형제가 '현실적'이어서 운영하던 자전거 수리점에서 나온 이익금을 갖고 세계 최초의 '비행 기계'를 만들었겠는가?

1902년(라이트 형제의 비행이 성공하기 꼭 1년 전), 절대온도는 섭씨 -273.15도라는 것을 밝혀낸 천재 과학자인 켈빈 남작Lord Kelvin은 이렇게 말한 바 있다. "실질적으로 비행기는 절대로 성공할 수 없다."

라이트 형제가 비행에 성공하고 58년 후인 1961년, 존 F. 케네디John F. Kennedy 대통령은 '현실적'이어서 1970년이 되기 전까지 달에 우주인을 보낼 것이라고 선언했을까?(그건 그렇고, 케네디 대통령의 이 연설 후 5년 뒤에야 휴대용 계산기가 발명됐다.)

그리고, 에이즈나 자폐, 알츠하이머병에 대한 치료방법을 언젠가는 찾을 수 있다고 생각하는 게 현재 상황에서 '현실적'일까?

나는 꿈의 크기가 너무 작은 것이 세상에는 오히려 문제라고 생각한다. 살아있는 그 누구라도 큰 꿈을 가질 수 있다. 사실, 꿈을 크게 못 갖는 것이 가능한지도 잘 모르겠다.

우리의 뇌 용량 중 쓰이지 못하는 부분이 얼마나 많은지에 대한 연구를 굳이 들먹이지 않더라도 인류에게는 큰 잠재력이 있다는 것을 알 수 있다. 주변에 얼마나 많은 사례가 있는가. 인공심장 개발이라든지, 에베레스트 산을 오른 시각장애인, 나치의 유대인 학살에서 살아남은 생존자들의 이야기를 들어보라. 언뜻 보기에는 전혀 현실적이지 않은 그 무엇을 하기 위해 우리 인간은 창조된 것이다.

never
say
never
절대
말하지 말라.
안 된다고!

제기랄. 여기에
규칙 따위는 없어.
무언가 성취하려고
노력할 뿐이지.

— 토머스 A. 에디슨Thomas A. Edison —

꿈이 만약 현실적이라면, 그것은 꿈이 아니라 '해야 할 일'의 목록에 들어가야 한다.

당신이 현실적이고 싶다면, 공포에 대해서는 현실적이 돼라. 당신이 걱정하는 일의 대부분은 절대 일어나지 않는다. 꿈을 실현하려고 한다면, 적어도 시작 단계에서는 현실주의는 집에 두고 오는 게 좋다.

얼마나 큰 꿈을 꾸고 있든지, 그 꿈의 크기는 더 키울 수 있다. 좋은 꿈은 약간 미친 것 같기도 하고 불가능해 보이기도 한다.

"큰 꿈은 인간의 영혼을 흔들어 위대하게 만드는 마법을 부린다."

– 빌 매카트니Bill McCartney (옮긴이주: 미국 미식축구 코치, '아버지학교' 창시자)

꿈을 꾸려면 크게 꾸는 것이 좋다. 누가 그 꿈이 너무 크다며 비난한다면, 옳은 길로 가고 있다고 확신해도 좋다. 라이트 형제 부족의 일원인 척하라.

현실적인지 아닌지에 대해서는 걱정할 필요가 없다. 그리고 무언가에 '불가능'하다고 꼬리표를 붙이는 것은 매우 조심스럽게 하라.

존 앤드류 홈즈John Andrew Holmes가 말했듯이 "젊은이에게 무언가를 절대로 할 수 없다고 말하지 말라. 신이 몇 세기를 기다려 그게 불가능한지 모르는 사람에게 그 일을 맡겼을"수도 있으니까.

25

어지럽히지 말지니

딸 루시가 처음으로 아이스크림 콘을 혼자 먹었던 날이 생각난다. 날씨가 아주 좋았다. 멘도타 호숫가에서 산책하며 해가 지는 것을 본 후 아내가 루시에게 아이스크림을 건넸을 때, 루시는 놀라움과 기쁨이 범벅된 표정을 지었다. 루시는 다갈색 눈동자를 즐겁게 반짝이며 아이스크림을 핥아먹고 미소 지었다. 먹는 데 집중하다가 또 활짝 웃었다. 세상에서 가장 귀여운 아이스크림 콧수염과 턱수염이 생겼다. 아이스크림은 루시의 코에, 발가락에, 거의 온몸에 묻어 있었다. 지저분해진 셔츠, 끈적거리는 손가락과 과다한 당 섭취로 들떠 있는 모습을 못 본 체하기란 쉽지 않았다. 하지만 나는 그날, 아이스크림이 맛있냐며 루시에게 말을 걸어온 예닐곱 명의 사람들에게는 최소한 좋은 추억을 남겨줬다고 확신한다.

그날 아내가 내게 정확하게 상기시켜준 대로 "조금 지저분해진다고 해서 추억을 만드는 과정을 방해하지는 말아야"한다. 결국 얼룩진 셔츠는 못 쓰게 됐지만, 행복한 기억은 그대로 남아있다.

그렇다고 내가 정리 안 된 집을 더 선호한다는 뜻은 아니다. 깨끗하게 설거지를 마치고 집안을 싹 정리하면 물론 기분이 좋다. 나는 물건이 너무 오래 쌓여 있는 걸 보면 기분이 쉽게 나빠지는 타입이기도 하다.

혹시 나의 이런 특징이 어른병 때문일까? 그럴지도 모른다. 하지만 나는 어지러운 상황이 최소화되어야 더 집중할 수 있고 마음도 편해지며 창의력을 발휘할 수 있는 사람이다. 전체적으로 볼 때, 그다지 나쁜 버릇은 아닌 것 같다.

하지만 다음의 몇 가지 진실을 주기적으로 되새기는 것이 나쁘지 않다고도 생각한다.

가끔, 예기치 않은 데 돈을 너무 많이 써서 치밀한 계획조차도 실패하는 경우가 있다.

가끔, 잔디에 앉아 생기는 얼룩은 불가피하고 바지가 찢기는 것도 피할 수 없다.

가끔, 계란도 깨지고, 우유도 흘리고, 흘린 밀가루로 부엌이 지저분해지는 경우도 있다.

가끔, 위스콘신 주 모형을 맞추느라 며칠 동안 침실에 모형 조각이 꽉 차 있는 경우도 있다.

가장 가까운 길 주변 경관이 좋을 리 없다. 어떤 경우에는 길을 잘못 들었는데 멋진 풍경을 발견하는 경우도 있다.

때때로, 삶이 우리가 계획했거나 기대했거나 소망한 방향대로 가지 않기도 한다.

그래도 괜찮다. 모험을 하는데 말끔한 모습으로 간다는 것은 거의 불가능하니까.

야만인 스파게티

barbarian spaghetti

저녁식사로 스파게티 드세요. 접시는 없습니다.

enjoy a spaghetti dinner. without plates.

GERBER AUCTIONS LTD.
Crosshill, Ont.

26

고급 식기는 특별한 때를 위해 아껴 둘지니

물론 멋진 식기가 있다면 자랑하고 싶을 만하다. 대부분의 사람들은 멋진 식기를 전용 식기장에 안전하게 보관하면서 소위 '특별한 경우'가 오기를 기다린다. 이 식기를 사용하는 경우가 극히 드물다는 점을 감안하면, '특별한 경우'에 대한 우리의 기준치가 상당히 높다는 게 확실하다. 솔직히 말하자면, 특별한 경우인지 아닌지를 판단하는 감각 자체를 잃은 게 아닌가 하는 생각도 든다. 교황이나 대통령이 집에 전화해서 "그 근처에 갈 일이 있는데요. 저녁 먹으러 집에 가도 될까요?"라고 하기를 기다리는 것 같다.

하지만 만약……,

괜찮은 식기를 그냥 아무 수요일에나 꺼내 쓰면 어떨까? 그날에 특별한 식기와 싱싱한 꽃 장식, 그리고 식탁보(한번 쓰고 난 후 버리는 식탁보 말고 진짜 천으로 만들어진 것으로)를 꺼내 쓰는 것이다.

재즈나 클래식 음악도 좀 틀어놓고, 메뉴가 '마카로니 앤드 치즈'와 '우유'에 불과할지라도 와인 잔에 음료를 따라 마시는 것이다.

안될 게 뭐가 있겠나?

멋진 그릇이 없는 경우에도 이런 분위기를 연출할 수 있다. 조명을 어둡게 하고 초를 몇 개 켜놓으면, 금세 멋진 분위기가 만들어진다!

이렇게 하면, 그 어떤 식사 시간이라도 사랑하는 사람 – 배우자, 친한 친구, 가족 – 과 있기만 하면 그 자체가 '특별한 경험'이 된다는 깨달음을 얻을 수 있다. 특별함을 넘는 축복의 경험, 심지어는 경건한 경험이 될 수도 있다.

바쁜 일상에서 식사 시간은 업무 미팅과 아이들을 축구경기에 데려다줄 시간 사이에 끼어 있는 또 하나의 스케줄에 불과해지는 경우가 점점 더 많아지고 있다. 그런데 식사 시간의 의미가 이렇게 퇴색되면 결국 그 피해는 가족이 보게 된다.

만약 당신이 삶을 마감하는 시점에서 사랑하는 사람들과 추억을 공유해야 한다면, 디즈니월드나 그랜드캐넌 여행 이야기도 나누겠지만 대부분은 저녁식사 시간에 나눴던 소박한 순간들을 떠올리게 될 것이다. 저녁식사 시간 동안 공유했던 전통과, 함께 나눈 이야기들, 추억들 말이다.

"... 했던 때 기억나니?"

"예전에는 ... 했었잖아. 혹시 기억나?"

"항상 당신이 내게 해주던 .... 이야기 기억나요?"

바로 오늘 저녁식사 시간 동안 만들 수 있는 순간이며 추억이다. 쉽지 않은가!

내가 진행한 강연 프로그램에 참가했던 한 여성 참가자가 자신의 경험을 애기해줬다. 그녀는 어머니가 돌아가신 후 다른 형제자매들과 함께 집을 청소하다가 고급 식기가 담긴 상자를 발견했다. 어머니가 자신의 결혼식 날 부모님에게 선물로 받은 식기였는데, 선물 받았을 때의 모습 그대로 하나하나 곱게 포장되어 있었다. 돌아가신 어머니는 50년 동안 결혼생활을 하셨고 4명의 아이를 낳아 키웠으며 13명의 손자 손녀가 있었다. 그런데도 그 식기는 전혀 쓰이지 않고 그대로 상자 안에 있었던 것이다.

이게 다 무슨 소용인가!

또 다른 사연도 있다. 솔트레이크시티에서 만난 한 여성에게 들은 이야기다. 그녀의 어머니는 매주 일요일 저녁과 특별한 휴일에 좋은 식기를 꺼내 썼다. 자연스럽게 세트 중 접시나 컵이 한두 개 깨지는 일이 발생했다. 하지만 좋은 식기가 깨졌다며 한숨을 내쉬는 대신 그녀의 어머니는 땡처리 매장이나 중고 상점에서 깨진 그릇을 대체할 식기를 찾아내곤 했다. 기존 식기와 똑같이 생겼는지는 전혀 신경 쓰지 않았다.

시간이 지나면서 원래의 식기세트는 서로 짝이 맞지는 않지만 독특한 식기들의 집합체로 바뀌어 갔다. 접시 하나, 그릇 하나에 각기 다른 사연이 깃들었다. 원래 그 식기세트를 갖고 있었던 사람이 품고 있던, 알려지지 않은 신비로운 스토리 외에도, 이 식기세트를 모은 사연을 통해 한 가지 분명한 교훈을 얻을 수 있다. 인생이란 적극적으로 살아가야 하는 것이며, 축하해야 할 가치가 있다는 것이다.

두 사연을 접한 당신은 어떤 생각을 할지 모르겠다. 하지만 나는 뒤 사연이 더 마음에 들었다.

금주 수요일이 축하해야 할 만한 가치가 있는 날인지 아직도 잘 모르겠다면, 당신이 사랑했던 사람 중 돌아가신 분을 한번 떠올려보라. 할아버지, 할머니, 어머니, 아버지, 친한 친구, 배우자, 형제자매, 그리고 아이.

바로 그 돌아가신 분과 저녁 한 끼를 함께 할 수만 있다면, 당신은 무엇이라도 하지 않겠는가!

자. 그렇다면, 당신이 사랑하는 바로 그 사람과 금주 수요일에 저녁식사를 함께 하는 것은 특별한가, 아닌가?

바로 지금이 찬장 안의 고급 식기를 자유롭게 해줘야 할 때다.

kotecki

brake
틀을 깨자!
molds

당신의 이상한 점은 꼭꼭 숨겨놔야 할지니

어느 날 네 살짜리 딸 루시는 킥보드를 타고 인도를 따라 내려갔다.

정상이군.

루시는 한 손으로 킥보드 손잡이를 잡고 다른 한 손으로는 우산을 펴서 걷고 있었다. 머리에는 자전거 헬멧을 쓰고 스노부츠를 신고 있었다. 그것도 해가 쨍쨍 내리쬐는 섭씨 22도의 날씨에 말이다.

이상하군.

루시의 차림이 어찌나 이상했던지, 전 세계 60억 인구 중에서 바로 그 순간에 루시와 똑같은 옷을 입고 똑같은 행동을 하고 있는 사람은 단 한 명도 없었을 것이라는 데 내기를 해도 좋다. 어쩌면 그 전에도 없었고 앞으로도 없을 것이다. 그 정도로 딸의 행동은 이상했다.

하지만 그 모습은 크나큰 삶의 교훈이었다.

루시의 머릿속에는 이런 차림이 이상하다는 개념 자체가 없었다. 루시는 그 순간에 충실했을 뿐이고, 가식도 부끄러움도 전혀 없었다. 그냥 루시가 생각하는 대로 행동한 것에 불과하다.

아! 나도 루시처럼 다시 자유롭게 행동할 수 있다면 얼마나 좋을까.

사실 우리 모두 어린 시절에는 루시와 같다. 하지만 우리가 즐거워하는 모습을 보고 누군가가 "이상하다"고 지적하면서부터 우리는 부끄러움을 느끼게 된다. 학교 운동장에서, 버스 안에서, 저녁을 먹는 도중 놀림을 받는다. 난생 처음으로, 우리의 행동이 타인에게는 멸시의 대상이 될 수 있다는 점을 깨닫는다.

그때부터 우리는 타인의 평가에 신경 쓰기 시작한다. 무엇이 허용되는 행위이고 무엇은 아닌지 알아채기 시작한다. 놀림감이 되거나, 따돌림의 대상이 되거나 망신당할 만한 행동은 무엇인지 주의를 기울인다. 그리고 그런 행동을 하지 않는다. 우리가 갖고 있던 모난 면은 둥글둥글해지고 우리 안에 있던 이상한 면을 감추기 시작한다. 그러면서 개성이 하나둘씩 사라진다.

아마도 우리 인생에 있어 가장 큰 비극은 인생 대부분의 시간을 바로 그 수치심을 다시 느끼지 않으려고 세상에 순응해 살아가다가 생을 마감하는 것이 아닐까.

스스로를 괴짜라고 부르며 강연과 저술 활동을 하는 내 친구 데이비드 렌달David Rendall은 이렇게 말했다.

"우리가 이상하다고 보이는 바로 그 지점이 우리를 멋지게 만든다."

데이비드는 루돌프 사슴을 예로 들었다. 루돌프의 남다른 코는 이상하게 보였다. 남들이 놀려대며 웃어댄 대상이었다. 그런데 운명의 '안개 낀 성탄절 전날 밤'에 루돌프의 코는 대체 불가능한 장점이 됐고, 루돌프를 영웅으로 만들었다.

아주 가끔은, 어르신 중에서 우리가 이상하게 보이는 지점이 우리의 약점이라는 거짓을 더 이상 믿지 않는 분들을 만나볼 수 있다. 이런 분들은 인생을 마음껏 즐기고, 근심하거나 주저하지 않는다. 겉으로만 보면, 이런 어르신들을 치매 초기 증상을 겪고 있다며 무시하기 쉽다. 하지만 좀 더 자세히 관찰하면 이런 분들은 스스로에 대한 판단이 아주 빠르다. 이 분들은 남들이 어떻게 생각하는지 신경 쓰는 대가가 너무 크다고 결론을 내린 것이다. 그래서 자신들이 이상하게 보일 수도 있는 부분을 숨기려 하지 않는다.

그 분들은 타인이 우리를 부끄럽게 만들기 위해서는, 우리가 타인에게 그 힘을 부여해야만 비로소 가능하다는 진리를 발견한 것이다.

흠, 나는 그 진실을 받아들이기 위해 일흔 살이 될 때까지 기다리고 싶지는 않다. 내가 가진 가장 멋진 요소를 숨기고 싶지는 않다. 나는 루시처럼 살고 싶다. 그 순간을 즐기며, 이상하지만 반짝거리며 살아가고 싶다.

당신도 함께 하지 않으실는지?

kotecki

낚싯배에 바나나를 갖고 타지 말지니

강연에서 '존재하지 않는 규칙'에 대한 사례를 물었을 때, 알래스카 페어뱅크스에서 온 한 여성 참가자가 가장 특이한 규칙을 언급했다. 이 여성분은 일어나서 심각하게 말했다.

"낚싯배에 바나나를 갖고 타면 안 된다는 규칙은 어떤가요?"

이야기를 하는 그녀의 표정을 살피니, 마치 빙산은 차갑고 얼음으로 만들어져 있다는 이야기를 하는 것 같은 분위기였다.

다른 참석자들은 황당해 하는 표정을 잠시 짓더니 이내 떠들썩한 웃음이 방 안을 메웠다.

이에 전혀 동요하지 않고 그녀는 이렇게 말을 이어갔다. "그런데 제가 시도해봤는데, 전혀 문제없더라고요."

이렇게 엄청난 규칙을 생전 처음 접하고 이에 공포스러워할 필요가 없다는 점을 알게 되는 데 걸린 시간은 16초 정도에 불과했지만, 상상을 초월할 정도로 어질어질한 경험이었다.

내가 특히 놀랐던 점은 그 여성 참가자가 모두가 이 규칙에 익숙할 것이라고 생각했다는 것이다. 사실 규칙이 작동하는 원리가 그렇기도 하다.

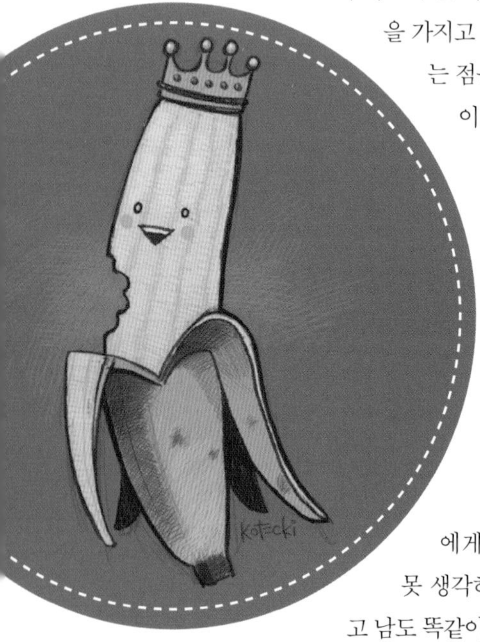

우리 모두는 서로 다른 환경, 문화권에서 생활하며 각기 다른 풍습을 가지고 있다. "우리 가족은 이런 방식으로 이런 일을 한다."는 점을 모두가 경험하며 자란다. 종종 우리가 "모든 가족이 이런 것은 아니구나."하는 점을 처음 깨닫게 되는 때는, 배우자 가족을 만나는 상견례 시점이다. 나의 경우, 아내 킴의 가족이 아침에 소시지에 겨자소스를 곁들여 먹는 모습이 이상하다고 느꼈던 기억이 있다. 반면, 그 가족은 겨자소스를 이상하게 생각하는 내가 이상했을 것이다. 이제 나는, 아침 식사로 소시지를 주문하며 겨자소스를 달라고 하는 나를 이상하게 보는 웨이트리스를 이상하게 생각한다.

때때로 이런 규칙들을 보고 우리는 이 규칙이 모두에게 적용되고 영원히 변하지 않으며 철옹성 같다고 잘못 생각하기 쉽다. 하지만 당신이 항상 그 방식대로 해왔다고 남도 똑같이 그렇게 하리라는 법은 없다.

알아보니 이 바나나 관련 규칙은 취미로 낚시를 하는 사람들 사이에서는 널리 퍼져 있었다. 미신을 많이 믿기로 유명한 이 낚시광들은 바나나가 불행을 가져온다고 여긴다. '스놉스닷컴 Snopes.com' (옮긴이주: 리서치 전문가이자 작가 데이비드 미켈슨이 1995년 설립한 사이트로 각종 미신과 도시전설의 기원에 대한 내용을 담고 있다.)은 바나나 이슈를 '전설'로 분류하고 있는데, 어떻게 이런 규칙이 만들어졌는지는 확실하지 않다. (그러나 그 기원에 대해서는 배꼽 빠질 정도로 재미있는 가설이 여러 개 존재한다.) 이 규칙에는 바나나 머핀, 바나나보트Banana Boat 선크림(옮긴이주: 유명한 선크림 브랜드)도 갖고 타면 안 되고, 심지어는 프룻 오브 더 룸 Fruit of the Loom 속옷 (옮긴이주: 로고에 과일 그림이 있는 속옷 브랜드)도 입으면 안 된다고 한다. '프룻 오브 더 룸' 브랜드 로고에는 심지어 바나나 그림이 없는데도 말이다.

좋은 소식은, 페어뱅크스 출신의 용감한 여성이 확인해본 바, 이 규칙은 전혀 근거가 없는 가짜라는 사실이 확인됐다는 점이다. 우리 모두 안도의 한숨을 내쉬어도 된다.

이제는, 다른 배 관련 미신들에도 눈길을 돌려보자. 배 위에서는 휘파람을 불면 안 된다는 둥, 일요일에 출항해야 운이 좋다는 둥, 처녀가 그물에 소변을 봐야 재수가 좋다는 둥 하는 것들 말이다.

make the choice you'll wish you'd made on your life's last day.
선택을 할 땐 생의 마지막 날에
할 만한 그런 선택을 하자.
kotecki

메일함의 읽기 전 메일 숫자를 0으로 유지해야 할지니

우리 세대 모든 사람들은 "메일함의 읽기 전 메일 수를 0으로 만들어야 한다."는 목표라도 갖고 있는 것 같다.

어떤 사람들은 메일함 상태에 경악한 나머지 필사적으로 '이메일 파산'을 선언하고 클릭 하나로 모든 이메일을 지워버린다. 이에 대한 책, 생활의 지혜, 기술, 요령 등이 난무하고, 심지어는 초인적인 영웅 캐릭터가 (두둥~ 하는 효과음과 함께) 등장해 '받은 메일 0'이라는 신화를 달성했다는 만화까지 있다.

받은 메일함에서 읽기 전 메일을 0으로 유지하는 것이 불가능하다는 게 아니다. 사실, 나도 그런 상태를 원한다. 내 생애에서 두세 번 정도는 실제로 달성한 적도 있다. 한 30초 정도? 그리고 그 30초 동안 정말정말 기분이 좋았다는 사실을 고백한다.

내가 지적하려는 바는, 그렇게 노력하는 게 무슨 소용이냐는 것이다. 끝나지 않는 미션인데, 과연 추구할 만한 가치가 있을까? 다른 측면을 보자면, 이 규칙은 "먼저 일을 끝내고 나중에 쉬라."는 해묵은 규칙의 또 다른 표현에 불과하다. "놀기 전에 집안일을 다 끝내라." 혹은 "잠자리에 들기 전 설거지, 청소를 다 마치고 마당도 깨끗한지 꼭 살펴보시오."라는 형태로 존재하는 그런 규칙 말이다.

이런 규칙들은 표현은 서로 다르지만, 전혀 효용성이 없다는 데에서는 매한가지다.

아내와 나는 출산 전 많은 조언을 들었다. 그중 가장 흔하게 들을 수 있었던 얘기는, "육아의 매 순간을 즐기세요. 금세 지나가거든요."라는 말이었다.

솔직히 너무 뻔하고 나한테 별로 와 닿지도 않아서 이 조언은 제쳐뒀다. '나, 강연으로 먹고 사는 사람이거든요. 강연에서 이런 말은 골백번도 더 했다고요.' 물론 이런 조언을 해주는 사람들의 의도야 모두 좋았겠지만, 실제로 내가 어떻게 헤쳐 나갈지는 아무도 모르는 것 아니겠는가! 내가 아는 게 아주 많지는 않더라도, 적어도 그 정도는 알고 있다는 말이다.

정말 그렇게 생각했었다.

아이를 낳고 3개월 정도 되었을 때였다. 나는 그날 꼭 마무리해야 할 사항을 모아놓는 '할 일 목록'을 적고 실천하는 중이었다. 정말 기적적으로 그 목록에 있는 일을 내가 생각했던 것보다 훨씬 신속하게 끝낸 날이 있었다. 나는 의기양양하게 아내를 향해 말했다.

"내가 딸을 돌볼 테니 낮잠을 자거나 샤워를 하거나……" 휙! 순식간에 아내가 사라졌고 루시가 내 팔에 안겨 있었다. 우유병도 어디에서인가 나타나 내 손에 들려 있었다.

흡사 〈로드러너Road Runner〉 만화 캐릭터가 쏜살같이 사라지는 것처럼 아내가 증발해버렸다.

나는 루시를 안고 흔들의자에 앉았다. 우유를 몇 모금 마신 루시는 스르르 잠들었다. 나는 의자에 앉아 정적을 즐겼다. '이렇게 재수 좋을 때가 있나. 애가 이렇게 빨리 잠들다니. 이제 할 일 목록을 더 살펴볼 수 있겠군!' 아이를 소파에 눕히고 노트북에 손을 뻗친 순간, 이런 생각이 머리를 스쳤다.

'세상에나! 내가 지금 무슨 짓을 하는 것인지. 최고의 순간을 놓치고 있는 건 아닌지.'

자, 아이가 잘 때 당신 일을 하지 말라는 얘기가 아니다. (사실 그러라고 신이 낮잠이라는 선물을 주신 것 아닌가!) 하지만 돌이켜보면, 이미 해야 할 일들은 다 했다. 불편한 진실이 하나 있는데, 체크해야 할 이메일이나 누군가에게 전화할 일은 언제든 더 있다는 것이다.

정리해야 할 서류는 언제든 더 있고, 정크 메일함도 비워야 한다.

또 하나의 무시무시한 사실. 죽는 순간 자신의 할 일 목록을 다 끝낼 수 있는 사람은 아무도 없다.

우리는 할 일 목록을 체크하고, 그 목록을 완수하려 하고, 메일함을 비우는 것이 삶의 목적인 것처럼 행동하는 경우가 너무 많다. 그날 할 일을 얼마나 많이 완수했는지가 하루를 잘 보냈는지 아닌지를 판단하는 기준이 되고 있지는 않은가? 이메일에 다 답변하지 않으면 우리가 죽은 후 흡사 심판이라도 받는 것처럼 말이다.

루시와 함께 하는 바로 그 순간, 낯선 이들이 내게 해준 조언이 내 완고하고 멍청한 뇌로 다시 접수되고 있었다.

나는 노트북를 자리에 갖다놓았다. 천사처럼 잠이 든 딸 옆에 앉은 내 마음은 여행을 떠나고 있었다. 20년, 30년 후, 운이 좋다면 40년 후의 미래로 말이다. 딸의 결혼식 날 모습은 어떨까. 결혼식장에서 딸의 손을 잡고 식장에 들어가는 순간, 결혼 피로연에서 딸과 춤추며 눈물이 하염없이 흐르는 순간에 바로 오늘을 떠올린다면, 어떤 '할 일 목록'이 있었는지는 절대로 기억하지 못할 것이라는 사실을 깨달았다. 아이의 귀여운 코, 빡빡머리, 꼭 다문 입술, 새근새근 잠든 모습만이 마음속에 영원히 남아있을 테니까.

이 책을 쓰는 지금 루시는 다섯 살에 불과하다. 그런데도 바로 그날 아이를 재우고 체크해야 할 정도로 긴급한 이메일이 있었는지는 기억나지 않는다. 하지만 그 당시에는 너무나 중요한 것처럼 느껴졌다.

그게 바로 어른병이 작동하는 방식이다. 바쁘고, 숨 가쁘고, 어지러운 일상에 초점을 맞추는 동안 가장 중요한 일이 바로 우리의 코앞에서 일어나고 있다는 것을 놓치게 된다.

미확인 이메일을 0으로 만들면 성취감은 최고조에 이를 수 있다. 하지만 그것이 우리가 성취할 수 있는 최고의 것은 아니다.

미확인 이메일을 0으로 만들자는 미션은 어른병이 우리에게 씌우는 덫이다. 정작 중요한 일을 보지 못하게 우리의 시선을 분산시키는 덫이다. 나도 모르는 사이 그다지 중요하지도 않은 일이 우선순위로 탈바꿈한다. 할 일 목록에 적혀 있기 때문이다. 아무것도 안 하고 있는 시간이 길어지면 왠지 죄를 짓는 듯하고 비생산적인 느낌을 갖게 된다.

사실은 그 반대다. 그 순간 – 특히 사랑하는 사람과 함께 하는 순간 – 에 온전히 집중하여 아무것도 하지 않는 것은 그날 가장 중요한 일이 될 수도 있다. 세상을 떠나는 날, 우리는 아마도 '그런 순간을 조금 더 가질 걸…….' 하는 생각을 하게 될지도 모르겠다.

kotecki

침대에서 배우자와 자리를 바꾸지 말지니

존재하지도 않는 규칙 중에서도 이것은 강연 청중들로부터 단연 최고로 비난을 많이 들었던 내용이다.

꼭 지키지 않아도 되지만 이런 규칙이 있다는 말만 했을 뿐인데도, 이 내용은 엄청난 반감을 불러일으켰다. 흡사 교황이 가톨릭이 아니라든지 초콜릿 섭취를 금지해야 한다는 주장을 들은 것처럼 말이다.

기혼자로서 경험적으로 말하자면, 침대 어느 쪽에서 자야 할지 아내와 얘기해본 적이 없는데도 불구하고, 결혼한 후 침대에서 잠드는 자리가 바뀐 적이 없다.

이상한 일이다.

하룻밤만 배우자와 침대에서 눕는 위치를 바꿔서 자면 어떤 일이 벌어질까?

잠깐. 굳이 그럴 것 없겠다. 너무 위험한 시도다. 두 사람 관계에 존재하는 아슬아슬한 균형이 혼란에 빠지면 전체 시공간 연속체가 완전히 뒤죽박죽될 수도 있지 않겠나!

어쩌면 이건 지키는 게 더 나은 규칙일 수도 있겠다.

아니면 말고.

{ 지키라고 하는
규칙을 모두 지켰다면,
나는 그 어디에도
도달하지
못했을 것이다. }

— 마릴린 먼로Marylin Monroe —

LIVE like someone left the gate open

누가 문을 열어놓은 것처럼 살아보자.

항상 조심해야 할지니

옛날 옛적에 마술숲에서 할머니의 손에 자란 소녀가 있었다. 할머니는 항상 소녀에게 조심하라고 당부했다. 그래서 소녀는 조심했다. 그리고 근사한 일은 하나도 일어나지 않았다.

끝.

전 세계 부모와 할아버지, 할머니들은 아이들에게 조심하라고 말한다. 좋은 의도에서 하는 말이고 아이들의 안전을 걱정하다 보니 나오는 얘기다.

조심스럽게 행동하는 것의 유일한 문제점은, 그렇게 하면 근사한 이야기가 쓰이지 못한다는 것이다.

아이들은 너무 당연하게도 조심하기가 어렵다. 내 큰딸은 7개월째에 걷기 시작했는데, 걸은 후 4주 동안 이전 7개월간 울었던 횟수만큼 많이 울었다. 루시가 운 이유의 95퍼센트는 자기가 무언가 스스로 하려던 시도 때문이었고, 호기심 때문이었다.

루시는 항상 주위를 두리번거리고 탐색하고 새로운 사물을 발견했다. 집안 구석구석을 탐험하던 루시는 머리를 부딪치거나 넘어지기 일쑤였다. 모든 부모가 아이들이 우는 상황 패턴을 기억할 것이다. 먼저 "쿵"하는 소리가 들리고, 잠시 침묵이 이어지다가 곧 "으앙~" 하는 높고 큰 울음소리가 3분 30초 정도 이어지는.

루시에게 스티로폼으로 맞춤옷을 해 입힐 수도 없고, 가구를 뽁뽁이로 싸놓을 수도 없었기에 별다른 수가 없었다.

하지만 머리에 혹이 나고 멍이 들어도 루시가 탐구를 멈추지 않았다는 게 놀라웠다. 몇 번 넘어졌다고 해서 새로운 발견을 포기하지 않았던 것이다. 넘어져도 루시는 스스로 추스르고 엄마나 아빠한테 뽀뽀 몇 번을 받은 후 다시 자신만의 탐험을 시작했다.

어른들과 비교하면 대조적이다. 우리는 몇 번의 좌절을 겪고 나면 쉽사리 포기해버린다. 무언가를 시도하다가 그만두기도 하고, 아예 시도조차 안 하는 경우도 많다. 위험을 마주하게 될까 봐, 또는 실패할지도 모른다는 두려움 때문이다. 다칠까 봐, 우습게 보일까 봐, 또는 이 모든 이유 때문에 못 한다.

그래서 우리는 안전한 곳에 머물러 움직이지 않고, 인생이 그저 안전하게 흘러가는 것을 보고만 있다.

루시는 새로운 것을 보고 새로운 발걸음을 떼려는 욕구가 너무나 크기 때문에 머리를 몇 번 부딪치든 좌절하지 않았다. 만약 당신도 루시처럼 다시 용감해질 수 있다면 어떨까? 약간 덜 조심하겠다고 다짐한다면 당신은 무엇을 성취하고 싶은가? 세상에 어떤 흔적을 남기고 싶은가?

나는 믿는다. 우리는 우리 자신만의 이야기를 써나가기 위해 용기를 내야 하고, 그러면 타인들도 자신만의 이야기를 쓰기 위해 용기를 낼 것이라고. 우리가 인생을 멋진 모험처럼 살아간다면, 타인에게도 그렇게 살아가도 된다는 본을 보이게 될 것이라고.

애리조나 주 스코츠데일에서 열린 한 강연회에서 바쁜 엄마들에게 책 사인을 해주고, 아빠들과는 대화를 나누고 어린 꼬마들과 유쾌하게 어울리던 중에 있었던 일이다. 한 나이 든 여성이 뒤편에 조용히 서 있는 것을 발견했다. 북적대던 사람들이 조금 빠져나가자, 그녀는 보행보조기에 의지해 내게 천천히 다가왔다. "말씀을 하나 해드리고 싶어서……." 그녀는 들뜬 듯 내게 말을 걸었다.

도로시라는 이름의 이 여성은 진지하게 자신은 80세라고 말했다. 은빛 머리카락을 묶은 도로시는 통통한 얼굴과 반짝이는 눈빛이 돋보였다.

"10년 전, 의사가 나한테 죽을 거라고 말했다우. 그래서 '언젠가는' 하겠다고 생각했던 일들을 목록으로 만들었지. 하나씩 하나씩 실천했다우. 그냥 항상 언젠가 하고 싶다고 주위에 말하는 일들 말이지. 누군가를 만나거나, 전화하거나, 편지를 쓰거나……."

도로시가 하겠다고 결심한 일 중 하나는 오빠와 점심식사를 하기 위해 비행기표를 예약하는 것이었다. 두 사람은 자주 보지 못했다. 오빠는 너무 바빴고 도로시는 비행기표를 살 만한 돈이 부족했기 때문이다.

도로시의 오빠는 반차를 내고 (절대 반차를 낸 적이 없었는데!) 도로시를 위해 공항까지 마중 나왔다.

도로시는 오빠, 오빠의 아내, 가족과 즐거운 점심식사를 했다.

"우리 오빠는 말하자면 일중독자지. 오빠는 내가 왜 거기까지 왔는지 절대 짐작도 못했다우." 도로시는 말을 이었다. "내가 오빠한테 그랬지. 내가 여기 온 이유는 오빠를 사랑하고 오빠와 함께 시간을 보내고 싶어서라고. 오빠가 환하게 미소를 지었는데, 아마 그게 내가 오빠에게 줬던 최고의 선물이 아니었을까 싶었다우. 그런 후에는 남편한테 둘이서 하와이에 가자고 해서 깜짝 놀래켰지. 남편이 '뭐? 당신 미쳤어? 우리처럼 늙은이가 무슨 하와이에 간다고?'라고 하더만."

1년 후, 두 사람은 정말 하와이에 갔다. (남편 말이 틀린 게 그때가 처음이자 마지막은 아니었을 것이다.)

도로시는 아이처럼 즐거워하는 눈빛으로 오페라를 보러 이탈리아 여행을 떠난 이야기도 들려줬다. 도로시의 또 다른 평생 꿈 중 하나였다. "정말 멋졌다우! 이탈리아 사람들은 오페라를 너무나도 사랑하지. 오래된 오페라 극장은 어찌나 아름답고 호화롭던지. 게다가 내가 아는 오페라가 공연 중이었다우! 이 모든 걸 하며 정말 즐거웠다우." 도로시가 말을 이었다. "아마 그래서 내가 완치된 것 같아."

LIVE
on the
edge of
expectation
인생에 대한 기대감을 가지고,
위험을 감수하며 살아보자.

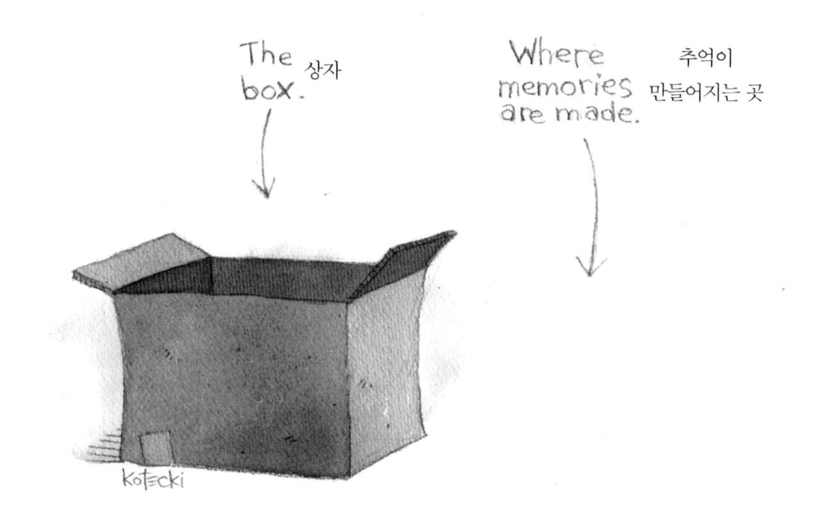

도로시의 사연을 듣고, 나의 확신은 더욱 커졌다. 신은 아마도 우리가 도로시가 묘사한 것처럼 흥미진진하고 활기차며 놀라움과 즐거움으로 가득한 삶을 살아가기를 원할 것이라고.

우리가 천국에 간다면 아마 긴 여행을 마치고 집으로 돌아가는 기분일 것이다. 인생에서 어떤 일이 일어났는지 듣기 위해 천사들이 우리를 둘러쌀 것이다. "누굴 만났죠? 누가 당신의 마음을 훔쳤나요? 무엇을 보았나요? 바다에 지는 일몰 광경이 근사하지 않았나요? 그 오페라가 정말 인상적이었죠?"

천사들은 이런 질문을 할 것이다. 그리고 우리 사진과 동영상도 참을성 있게 함께 봐줄 것이다.

당신이 천사들의 질문에 이렇게 답변한다면 얼마나 슬픈 일이겠는가? "저 같은 사람은 그런 거 안 해요."

마음속으로 하고 싶은 게 무엇이 되었든, 강행하라. 써야 할 편지는 쓰고, 꼭 해야 할 전화는 하라. 가고 싶은 그 여행도 꼭 가라. 헬렌 켈러Helen Keller는 이렇게 말했었다. "인생은 과감한 모험이거나, 아니면 아무것도 아니거나." 그 말이 맞다.

당신의 인생은 과감한 모험인가?

아니면 꿈에 그리는 그 여행을 갈 시간을, 그 집을 살 시간을, 그 인생의 변화를 위해 행동할 시간을 아직도 기다리고 있는가?

혹시 당신은 두려움 때문에 (무언가를 하거나, 또는 안 하겠다고) 결정을 내렸던 적은 없는가?

내 강연 중에는 참석자들이 묵상의 시간을 갖고 99세가 된 자신과 대화한다고 상상해보는 시간이 있다. 이 대화를 공개해 달라고 참석자들에게 부탁한다. 밀워키에서 온 한 회계사는 내가 이전에는 들어보지 못한 내용으로 나를 놀라게 했다.

"99세가 된 내가 이렇게 말하더군요. '여기서 뭘 하는 거야? 여기서 99세까지 이러고 있다면 제대로 산 것이라고 할 수 없어! 더 많은 위험을 감수했어야지.'라고요."

와우.

일반적으로 99세까지 살았다면, 성공적인 삶이라고들 한다.

웬만한 사람보다 훨씬 더 오랫동안 죽음을 피해 온 셈이니까.

장수한다는 것이 그저 평균보다 더 오래 사는 것에 불과하다면 의미가 별로 없을 것이다.

나는 *헌터 톰슨Hunter S. Thompson의 다음 명언이 항상 마음에 들었다. (*옮긴이주: 헌터 톰슨, 1937-2005. 미국의 저널리스트. 어떠한 활동에 직접 뛰어들어 그 활동의 주인공이 되면서 취재를 진행하는 곤조 저널리즘gonzo journalism의 창시자)

"인생이라는 여정은 잘 가꿔진 몸을 가지고 안전하게 무덤에 도달하는 것이 목적이 되어서는 안 된다. 연기가 자욱한 길을 미끄러져 내려오며 완전히 기운을 소진한 후 이렇게 외치는 것이어야 한다. '와! 롤러코스터 한번 잘 탔다!'"

내 인생에서 가장 큰 장애물은 분명 이런 것들은 아니다. 내 시간을 어디에 할애해야 하는지 결정하는 것, 좋은 아빠가 되는 법, 저 여자가 뭐라고 말하면 그게 사실은 어떤 의미인지 해석해내는 것. 삶에서 가장 큰 도전은, 어른병이 "천만에, 바보 같은 짓이야. 입 닥쳐!"라고 소리 지르며 방해할 때, 내 안에 있는 아이가 "그건 쿨하지 않잖아요?"라고 말하면 이에 동의하는 것이다.

"인생에서 가장 위대한 탐험은 조심하는 행동의 범위를 약간 넘은 바로 그 지점에서 기다리고 있다."

– 마이클 야코넬리Michael Yaconelli (옮긴이주: 미국의 저술가, 종교인으로 기독교 청소년 단체인 '유스 스페셜티즈' 공동 설립자)

바로 오늘, 무언가 위험스러운 것을 시도해보라. 굳이 조심하려고 애쓰지 말아보자.

당신 안의 아이가 기뻐 날뛰고 당신 안의 어른은 기분 나빠할 무언가를 해보자.

천사들이 기뻐서 팔짝팔짝 뛸 만한, 99세의 당신이 눈을 반짝이며 따뜻하게 미소 지으며 "참 잘 했어!"라고 말할 만한 시도를 해보자.

I'm...
29ish
35
35
35

32

아이들과 고3 학생만 커다란 숫자 옆에서 유치한 사진을 찍을 수 있을지니

어떤 사진인지 짐작할 것이다.

세 살짜리 아이가 3차원 입체 모형의 3이라는 큰 숫자 옆에서 찍는 사진이라든지, 커다란 졸업년도 숫자 옆에서 손을 얼굴에 대고 어색하게 포즈를 취하는 고등학생 사진 말이다.

어느 날, 아내가 이런 사진을 생일에 찍으면 상당히 재미있겠다고 하는 아이디어를 냈다.

그리고 행동에 옮겼다.

바로 이게 아내가 나의 영웅인 이유다.

"이얏호!!!"
"yippeE ki yay"

33

땡땡이치지 말지니

당신은 혹시 봄이 되는 첫날을 기념하는가?

최근 한 강연 행사에서 한 여성이 자기 집안의 전통을 얘기했는데 전체 참석자에게 공유하지 않을 수 없었다. 그녀는 코네티컷 주에서 성장했는데, 그녀의 아버지는 매년 봄의 첫날 아이들을 '납치'하여 땡땡이를 치게 했다고 한다. 아침에 평소처럼 차에 책가방을 싣고 등교시켜주는 척하다가 엉뚱하게 방향을 틀어버린다. 결국 그날 학교는 못 가게 되는 것이다. 한 해는 눈이 쌓여 있는 곳으로 가서 썰매를 탔고, 다른 해에는 자유의 여신상을 보러 갔다. 그날이 평일이어서 (게다가 비오는 평일) 관람객이 적었던 덕분에 대기 없이 여신상 꼭대기 관람이 가능했다고 한다.

이 이야기를 들은 나는, 학교에 데려가는 대신 서커스에 아이들을 데려간 한 아빠 이야기가 생각났다.

그는 이렇게 말했다.

"몇 년 전, 아이들이 어릴 때였는데 애들에게 '애들아, 우리 서커스 보러 갈 거다.'라고 말했어요."

"못 가요. 아빠. 학교 가야죠!" 아이들이 대답했다. "내가 아빠잖아. 서커스 갈 거다."

그는 바로 그날 서커스에서 아이들이 얼마나 즐거운 시간을 보냈는지 이어서 설명했다. 그리고 그날 아이들은 입이 귀까지 걸려 꼭 100만 달러를 받아든 것 같은 표정을 지었다고 회상했다.

오해는 하지 마시라. 물론 아이들에게 일관성에 대한 모범을 보이고 책임감을 심어주는 것은 부모가 해야 할 가장 중요한 일이다. 경계선을 정하는 것은 아이들은 별로 좋아하지 않지만 부모가 해야 할 중요한 책무다. 하지만 훌륭한 부모들조차도 규칙을 강요하는 데 너무 몰두한 나머지, 자신들이 그 규칙을 깰 힘도 갖고 있다는 사실을 잊어버린다.

아이들과 함께 무언가 떠들썩한 일을 해보는 것은 중요하다. 아주 가끔 기존의 규칙을 깨고, 작은 반란을 일으켜 땡땡이쳐보는 게 가장 좋은 방법이다.

물론 아이나 손주가 없어도 이렇게 규칙을 깨고 뭔가 드라마틱한 일을 할 수 있다. 우리 모두는 가끔 하루 정도는 땡땡이를 칠 필요가 있으니까.

땡땡이치는 날을 '정신건강의 날'이라고 불러도 된다. 우리 장모님은 "지긋지긋해!"란 이름으로 부른다. 도움이 된다면 이날을 어떻게 부르든 관계없다.

단, '절대로 하지 말아야 하는 것'으로만 부르지 않으면 된다.

거의 알려지지 않은 사실: 여름에는 자유의 여신상이 가끔 아이스크림을 든 것처럼 보이기도 한다.

Heigh Ho Heigh Ho
헤이-호, 헤이-호
KOTECKI

복지혜택이 있는 직업을 가져야 하느니

부모나 조부모, 교사들은 아이들에게 좋은 복지혜택이 있는 직업을 가지라고 독려한다.

나도 여기 적극 동의한다. 단…….

대부분이 복지혜택이라고 하면 엄청나게 좋은 직장의료보험(치과 치료도 모두 커버되는!)이나 퇴직연금을 생각하는데, 그보다 중요한 것이 있다.

고등학생 때 인생에서 무엇을 하고 싶은지에 대해 고민할 당시, 나는 복지혜택이 매우 중요하다는 인상을 받았다. 그래서 나에게는 실제 직업을 좋아하는 것보다 그런 복지혜택을 얻는 것이 더 중요했다.

그런데 사실 거꾸로 생각해야 되는 것 아닌가! 내가 싫어하는 (또는 그저 그런) 일을 소위 복지혜택 때문에 해야 하는 것은 정말 싫었다.

다행히도 우리 부모님은, 내가 복지혜택이 거의 없을 것이 확실한 예술 분야로 커리어를 선택했을 때 나를 전적으로 지지해주셨다.

얼마나 많은 사람들이 '혜택'이라는 좁은 시야만 가지고 인생에서 중대한 결정을 내리는가 생각해보면 심란하다. 막다른 골목길에 몰린 듯 영혼을 좀먹어가면서 단순히 비전이 있다는 이유만으로 그 일에 갇혀 있기로 한 것이니까. 어떤 직장을 선택할 때 직장의료보험이나 휴가 보너스는 고려 요소 중 하나가 되어야 할 뿐, 그것이 단 하나의 선택 요소가 되어서는 안 된다. 그것이 주요한 이유가 되어서도 안 된다.

내가 하고 있는 일에는 전통적인 의미의 복지혜택은 전혀 없다. 하지만 그렇다고 해서 혜택이 아주 없는 것은 아니다. 사실 아티스트, 작가, 강사라는 내 일에는 이렇게 많은 혜택이 있다.

- 나는 '차이를 만들어내는 일'을 하고 있다.
- 매일매일 내가 좋아하는 일을 한다.
- 시간을 어떻게 쓸지 내가 정할 수 있다.

- 열심히 일해서 얻은 성과를 통해 보람을 얻는다.
- 자기가 무슨 말을 하는지 전혀 모르는 중간관리자나 임원, 근시안적인 주주들의 질문에 답변할 필요가 없다.
- 멋진 장소로 여행하는 비용을 받을 수 있다.
- 드레스 코드가 없다. (보통 나는 청바지나 트레이닝복을 입는다.)
- 내가 원하는 때 쉴 수 있다. (아이들이 태어났을 때 아내와 나, 둘 다 출산휴가를 가졌다.)
- 삼시세끼를 대부분 가족과 함께 먹는다.
- 출퇴근 시간은 7초다.

이런 혜택도 있지만 치뤄야 할 대가도 있다. (실은 모든 혜택에는 일정한 대가가 따른다.)

이 혜택을 누리기 위해서는 수년간 열심히, 꾸준히 일해야 한다. 그리고 수입이 들어와야 한다는 책임감의 압박에도 시달린다. (수입이 없으면 장을 볼 수 없으니까!) 또한 개인연금이나 직장에서 내주는 퇴직연금도 없다. 하지만 나는 내가 하는 일을 정말 사랑하기 때문에 퇴직할 계획이 없다. 아, 물론 개인의료보험에 매달 수백 달러를 내야 한다.

그럴만한 충분한 가치가 있다.

그러니 맞다. 혜택이 있는 직업을 가져야 한다.

단, 당신이 정말 원하는 혜택이어야 한다.

성공의 지름길은
다른 사람들의
규칙에 따르는 것처럼
보이면서 사실은 조용히
자신의 규칙에 따라
행동하는 것이다.

– 마이클 코다 Michael Korda –

(옮긴이주: 《힘의 원칙》 등을 쓴 미국의 작가, 출판편집자)

pajama run
파자마 대피
kotecki

공공장소에서는 잠옷을 입지 말지니

해변에서는 손바닥만한 수영복을 입으면서 대형 빵집에서 잠옷 입은 사람을 보면 눈살을 찌푸린다는 건 좀 이상하지 않은가?

말도 안 되는 일이다.

이제 세계적인 '파자마 대피'를 개최할 때라고 생각한다. 방법은 이렇다.

1) 아이들을 재워라. 다음 날이 학교 가는 날이어야 한다.
2) 10~15분 정도 지난 후, 냄비, 프라이팬, 나무주걱을 부엌에서 꺼내 와서 아이 방으로 몰래 들어가 마구 두드리며 소리친다. "파자마 대피! 파자마 대피!"
   (안다. 나도 아이가 있다. 간신히 애들을 재운 후 깨운다는 건 자살행위처럼 보일 것이다. 하지만 1년에 한 번 정도 그렇게 깨운다고 죽는 건 아니다.)
3) 잠옷을 입은 채로 차에 태운다. (엄마, 아빠도 포함해서)

4) 집에서 가장 가까운 아이스크림 가게에 간다.

5) 달콤한 아이스크림을 먹는다. 추억을 만든다.

존재하지 않는 규칙 하나가 깨지고, 세계 평화가 찾아온다.

아이들에게 어디 가는지 알려주지 않으면 더 재미있다. 아이들은 무슨 상상을 하겠는가? 늦은 밤, 어두운데 잠자고 있을 시간에 부모가 어디로 데려가는지 알려주지 않는다면.

"무슨 일이에요, 엄마? 어디로 가는 거예요, 아빠? 긴급상황이에요? 집에 폭탄이 떨어졌어요? 우리 고아원 가는 거예요? 우리가 무슨 잘못을 했어요? 죄송해요! 오늘 청소 안 한 것 잘못했어요."

한마디로 말해, 아이들은 질겁한다. 아이스크림 몇 개에 그 정도 반응이라면, 가치 있지 않은가? 더욱 중요한 것은 이게 아이들이 결코 잊을 수 없는 추억을 남기는 저렴한 방법이라는 점이다. 파자마 대피를 전체 학교나 학급이 했다는 사례도 들었다. 잠옷을 입은 다른 친구들도 만나는 깜짝 이벤트인 셈이다!

꼭 아이들을 데리고 갈 필요는 없다. 애들을 데리고 간다는 건 어른들도 즐거운 시간을 보낼 수 있는 좋은 핑계거리가 될 뿐이다. 어른이라도 친구들과 이런 재미있는 일을 계획해보자.

왜냐하면 잘 시간이 훨씬 넘어서 잠옷 바람으로 바깥에서 아이스크림을 먹는 것보다 더 즐거운 일은 없기 때문이다.

당장 실행에 옮기자!

아이 얼굴에 그림 그리지 말지니

어른병이 엉덩이를 걷어차고 있었다.

딸 버지니아 로즈가 태어난 지 정확히 한 달 되던 때였다. 셋째 아이가 태어나 즐거웠지만 긴 한 달이었다. 우리가 사는 위스콘신 주는 겨울이 워낙 추워서 집안에 거의 갇혀 있을 수밖에 없었다. 첫째와 둘째 아이도 집안에서 하루하루를 보내며 엄마 아빠의 인내심을 테스트하는 중이었다. 어느 날, 플로리다 해변가에서 오후를 보내고 싶은 마음은 간절했지만, 점심식사를 하러 외출하는 게 최선이라고 결정하고 집을 나서기로 했다.

두 살짜리 벤은 코 밑에 보라색 수염을 그렸다. 조용하게 있는 조건으로 마커 '냄새'를 맡게 한 결과물이었다. 밖에 나가야 하니 벤의 얼굴에 있는 마커 자국을 지우려고 할 때, 아내가 벤의 모습이 찰리 채플린Charlie Chaplin같다고 말했다.

아내는 이렇게 말을 이었다. "아이들한테 다 콧수염을 그리면 좋을 것 같은데, 멋지지 않아요?"

"멋진 아이디어군!" 내가 답했다.

"못할 이유가 없잖아요!" 아내가 말했다.

아내의 목소리를 들으니 진지한 것 같았다. 그래서 나는 잠시 말을 멈추고 진지한 답변을 생각해봤다.

"음. 다른 사람들이 어떻게 생각할지 몰라서." 나는 대답했다.

이 말을 끝내기도 전, 나는 무엇을 해야 할지 생각해냈다.

"보라색 마커 줘봐요." 마커를 살펴보고 물로 지울 수 있는 종류인지 확인한 후, 뚜껑을 열고 벤을 불렀다. 무릎을 꿇고 아들 코 밑에 대담하게 콧수염을 그렸다. 벤은 잘 협조해줬지만, 도대체 아빠가 무슨 짓을 한 것인지 감을 잡지 못하고 있었다.

"오케이." 나는 마커 뚜껑을 닫으며 말했다. "이제, 점심 먹으러 나가자."

그리고 정말 그렇게 점심을 먹으러 갔다. 코 밑에 보라색 수염을 그린 아들을 데리고.

벤의 수염은 주위의 눈길을 끌었다. 어른병이 사전경고한 것과는 달리, 우리가 아동학대 신고로 고발됐다는 전화는 없었다. 그 대신, 마주치는 모든 사람들은 영문을 모르는 벤을 〈찰리와 초콜릿 공장Charlie and the Chocolate Factory〉에 나오는 꼬마 서커스 단원이 된 것처럼 활짝 미소 지으며 대했다. 멋진 경험이었다.

종종 아주 작은 행동이 큰 즐거움을 낳곤 한다.

방법은 이렇다. 무언가 재미있는 것을 할 수 있는 기회를 만났는데, 그걸 못하는 단 하나의 이유가 남의 눈을 의식하기 때문이라면, 어른병이 훼방놓고 있다고 확신해도 좋다. 어른병과의 전쟁에서 정말로 이기고 싶고, 끝내주는 스토리가 있는 삶을 꿈꾼다면 바로 그 기회를 잡아야 한다. 망설임 없이. 정말 그래야 한다.

5세 이하의 영유아 셋이 있는, 밖에 나가고 싶어 좀이 쑤신 가족 1승. 어른병 1패.

부모가 된다는 것은 쉬운 일이 아니다. 하지만 어린아이가 집에 있고, 오로지 부모만 가능한 '아이 얼굴에 그림 그리기'라는 권한을 행사하지 못한다면, 정말 큰 재미를 놓치는 것이다.

우스꽝스럽게 행동하면 안 될지니

"우습게 행동하지 마!"

귀에 못이 박히도록 듣는 말이다. 하지만 이 역시, 존재하지 않는 규칙이다.

나는 카일 쉴Kyle Scheele이란 사람이 만든 '리디큘로ridiculo.us'라는 웹사이트의 팬이다. 웃긴 아이디어를 장려하고, 그 아이디어를 발전시켜 실제 행동에 옮기는 것을 보여주는 곳이다. 이 사이트를 처음 알게 된 계기는 여기서 개최한 '가짜 마라톤 하기' 캠페인이었다. 맞다. '마라톤'이다. 전 세계 사람들이 모여서 (나와 아내도 참석했다.) 스트레칭하고, 달리기하고, 마라톤 결승선을 통과하는 모습을 찍어서 공유하는 행사다. 공식 티셔츠와 배번도 받았다. 이 마라톤이 100퍼센트 가짜라는 것만 제외하고는, 진짜 행사와 똑같았다.

어른병의 영향을 가장 덜 받은 사람들조차도 도대체 가짜 마라톤을 왜 여는지 의아해했다. 하지만 아마 진짜 던져야 할 의문점은, "못 할 건 또 뭐 있어?"일 것이다.

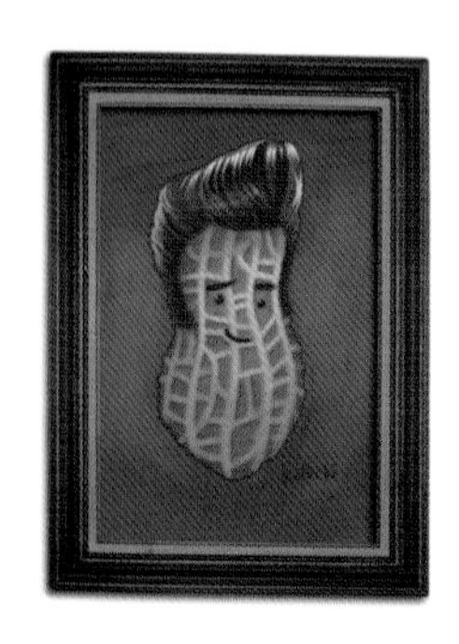
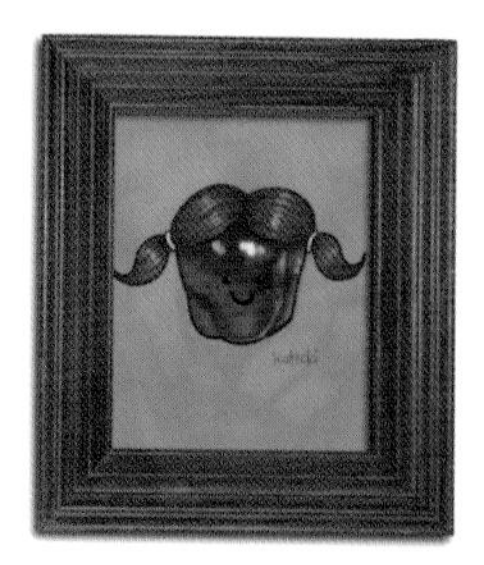

세상에는 실없음이 턱없이 부족하다. 바로 이런 이유 때문에 리디큘로 창업자들이 킥스타터Kickstarter 사이트에 사업계획을 올렸을 때, 목표액의 2000퍼센트를 넘겨 크라우드펀딩을 모을 수 있었다는 게 놀랍지 않았다. 유투브에서 인기 있는 비디오에는 반드시 실없는 요소가 포함되어 있다는 점도 놀랍지 않다. 불행히도 실없는 행동은 공급이 달리는 형편이다.

카레이싱에 출전하는 차량에는 엔진 마력을 제한하는 장치인 '리스트릭터 플레이트'를 부착하는 경우가 많다. 어른들 또한 실없고 우스운 면을 완전히 없애지는 않더라도 약간은 제어할 수 있는 장치를 가진 것처럼 행동하기를 요구받는다. 그렇게 행동하면 성숙하고 지적이며 세련되었다는 증거로 보인다. 우스운 면을 너무 많이 보여주면, 그 사람의 취향이나 지적 능력이 의심받는 것은 물론이고, 무엇이든 진지하게 받아들이지 못한다고 여겨질 수도 있다.

그러니 우리가 빗속에서 춤을 추거나, 못생긴 쿠키를 만들거나, 희한한 수저로 밥을 먹겠다고 용기를 냈을 때, 부디 하늘의 도움이 있기를!

우리는 우스꽝스러워지는 게 아니라 현실적이 되는 것에 박수를 받는다.

우리는 두드러지기보다는 맞춰 가야 한다. 그래서 옷 색깔도 항상 맞추고, 차 색깔도 남들과 똑같은 것을 고르고, 인생 자체도 회색이나 베이지색 같은 색상표에서 골라 색칠한다.

하지만 이런 생각을 재정비해볼 시간이 됐다. 우스워 보이는 사람들만이 낯선 이들의 일생을 바꿀 러브레터를 쓴다는 생각을 즐길 수 있으니까. 실제로 한나 브렌처Hannah Brencher라는 여성은 격려가 필요한 낯선 사람들을 위해 편지를 쓰자는 캠페인을 벌였다.

또 다른 사례를 보자. 오클라호마 주에서 입양 전 아동 위탁 가정 부족 문제를 해결하기 위해 '111프로젝트'를 시작한 벤 노클즈Ben Nockels의 경우다. '111프로젝트'는 1개 교회에서 위탁 가정 1군데만 유치하더라도 이들 입양아들이 입양 전 1개 가정에서 보호받을 수 있다는 개념에서 출발했다.

전 세계 인구가 깨끗한 물을 사용할 수 있어야 한다는 신념을 가진 스콧 해리슨Scott Harrison의 사례는 어떤가. 이 신념에 기반해 해리슨은 자선단체인 '워터Water'를 세웠다.

세상을 개혁하고 싶은가? 규제를 날려버려라! 유치해질 때가 됐다.

낮잠 규칙

38

자고 난 뒤 이불을 꼭 정리해야 하느니

인정한다. 이 규칙을 책에 넣어야 할지 스스로도 자문을 많이 했다. 하지만 존재하지 않는 규칙이 뭐냐고 강연 중 청중들에게 물으면 계속 이 규칙 얘기가 나왔다.

왜 이 규칙을 넣는 것을 주저했냐면, 내가 이불 정리를 하는 사람이기 때문이다. 나는 깨끗하게 정돈된 침대에서 자는 것을 좋아한다. 긴 하루를 마친 후 잘 정돈된 이불 안으로 들어가 상쾌한 기분을 느끼는 게 좋다. 내 머릿속으로는, 이불 정돈을 존재하지도 않는 하찮은 규칙이라고 생각하는 사람들에게 연민을 느낀다.

그런데 이런 나와는 달리 아내는 이불 정돈을 불가능하게 만드는, 어떤 기이한 의학적 증세가 있는 것 같았다.

바로 이게 내가 이 규칙을 포함시키겠다고 결심한 이유다. (아내에게는 식기세척기에 그릇을 넣는 능력을 방해하는 증세도 있다. 주제에서는 벗어나 있지만.)

이 책에 실린 몇 가지 규칙을 보고 아마 당신은 "아니, 당연한 규칙을 가지고 왈가왈부하다니. 그 규칙은 그냥 놔두면 안 되나?"라고 생각할 수도 있다.

그게 바로 핵심이다.

이 책의 목적은 인생을 이렇게 살아야 한다고 가이드하기 위함이 아니다. 당신이 내리는 결정과 삶에서 써나가는 이야기에 대해 조금 더 생각을 해보자는 것이다. 책에 실린 대부분의 규칙은 사람들이 아무 생각도 의문도 없이 그냥 지키는 것이다. 단지 예전부터 그렇게 해왔기 때문에 어떤 행동을 한다는 건 끔찍하지 않은가. 숨 쉬는 것 빼고는.

내 목표는 이 책을 읽은 사람들이 자신이 생각하고 행동하는 방식에 대한 새로운 시야를 갖게 하는 것이다. 의문을 가져라.

탐구하고, 실험하고, 일단 한번 찔러보고, 부추기고, 즐겨라.

당신이 가장 바라는 것이 무엇인지 결정해 실행에 옮겨라. 남들이 뭐라 하든 상관없으니 말이다.

그러니, 당신이 만약 이불 정리를 하기 싫다면, 나는 (마지못해서이기는 하지만) 누구도 그것을 막지 못할 것이라고 인정할 수밖에 없다. 물론 엄마의 목소리가 귓가를 맴돌겠지만, 그것 말고도 사실 엄마가 따라다니면서 잔소리하는 이유는 많지 않은가.

만약 당신이 스스로 이불 정리하는 것을 좋아하는 멋지고 스마트하고 똘똘한 축에 속한다면, 계속 그렇게 하라. 진짜 원하는 경우에만 행동에 옮겨라.

나는 규칙이 없다고 믿는다. 규칙이라는 것이 없다면, 어떻게 그 규칙을 깨겠는가?

– 레오 듀로서Leo Durocher –

(옮긴이주: 미국 메이저리그 야구선수, 감독)

Show off.
자랑 좀 해봐.
kotecki

다른 사람의 생각에 신경 써야 할지니

어떤 여성에게 들은 이야기다. 어릴 때 그녀의 어머니는 여행가기 전 항상 집을 깨끗하게 치워놨다고 한다. 그녀는 "여행을 떠나기 전 집을 항상 깨끗하게 청소하라."는 건 있지도 않는 규칙이라고 말했다.

나도 여행을 떠나기 전에는 집안을 정돈하는 경향이 있는데, 여행에서 돌아왔을 때 깨끗한 집으로 돌아온다는 기대감을 즐기기 때문이다. 아마 많은 사람들이 비슷하게 생각할 것이다. 그런데 이 여성이 이렇게 말을 이었을 때 나는 그 '있지도 않는 규칙'을 재정의 내려야 할 필요성을 느꼈다. "우리 어머니가 집을 치워놓는 이유는 여행가서 우리 가족이 모두 죽는 경우를 대비해서라네요. 사람들이 우리 집을 돼지우리라고 생각하지 않았으면 하는 마음에서였겠지요."

오!

만약 그게 이유라면, 정말이지 어리석은 규칙이다.

남이 어떻게 생각할지 염려하여 어떤 규칙에 우리를 구속시키는 경우가 얼마나 많은지 돌이켜보면 그저 놀라울 뿐이다.

리더십 전문가이자 저술가인 존 맥스웰John Maxwell이 얘기한 '18/40/60 법칙'이 생각난다. "18세에는 다른 모든 사람이 당신에 대해 어떻게 생각하는지 걱정한다. 40세에는 당신에 대해 누가 어떻게 생각하든지 전혀 신경 쓰지 않는다. 60세가 되면, 아무도 당신을 생각하고 있지 않았다는 사실을 깨닫게 된다!"

여기까지 쓰고 나니, 빨간 신발에 대한 이야기가 생각난다.

패션에 있어서 나는 상당히 무관심한 편이다. 매일 입는 옷은 티셔츠와 청바지다. 강연을 나갈 때도 청바지와 티셔츠 위에 재킷을 걸친다. 일생을 살아오면서 신발색은 단색(검정, 흰색, 갈색)에 한 가지 포인트 색상이 있는 정도만 신었다. 내게 있어 패션이란 딱 두 가지를 의미한다. 편안하면서도 바보처럼 보이지 않는 것. 앞으로도 영영 뉴욕에서 온 패셔니스타로 보일 가능성은 절대로 없으므로, "바보처럼 보이지" 않으려고 단순하고 심플한 옷만 입었다.

그런데, 빨간 신발을 사봐야겠다는 생각이 갑자기 들기 시작했다.

새 운동화를 사려고 쇼핑몰에 갔다. 이런 생각을 하니 빨간 신발을 신은 사람들이 눈에 들어오기 시작했다. 그러니까 완전히 빨간색. 흰색이나 검정색 신발에 빨간색 무늬가 들어간 신발 말고 100퍼센트 빨간색 신발 말이다.

'빨간 신발족'이라고나 할까. 그런 사람들은 눈에 잘 띈다. 나는 항상 '나도 저런 신발을 신을 용기가 있었으면 좋겠다.'고 생각했었다. 빨간 신발을 신은 사람들은 언제나 즐겁고 자신감 넘치며 활력이 가득해 보였다. 이런 내 소망과 마음 속 목소리는 커져만 갔다.

그러나 머릿속 한편에서는 내가 '빨간 신발족'이 절대 아니라고 말하는 목소리가 들렸다. 이에 스스로에게 반문했다. '용기를 내면 왜 안 되지?' '빨간 신발을 왜 신지 말아야 하는 거야?' 이에 들려온 답은 다음과 같았다.

> 어울리는 복장이 없음.
>
> 우습게 보일 것임.
>
> 사람들 눈에 더 잘 띄게 될 것인데, 그게 좋은 방향이 아닐 것임.
>
> 네가 뭔데? 연예인이라도 되었음? 그렇게 튀는 복장을 하는 사람은 연예인 말고는 없음.
>
> 현실을 직시하기 바람. 너는 빨간 신발족이 아님.

이런 이유들이 머릿속에 떠오르면서 신발을 살지 말지 생각하느라 오랜 시간을 끙끙 앓았다. 생각할수록 확실해진 것은 이 문제가 단지 신발에 국한되지 않는다는 점이다. 결국 설득해야 할 사람은 단 한 사람. 바로 나 스스로였던 것이다.

물론, 신발 하나 가지고 이렇게 고민하는 게 어리석다는 생각도 있었다. 죽고 사는 문제도 아닌데. 결국 나는 이런 결론에 도달했다.

"이건 그저 신발일 뿐이라고. 남들이 뭐라고 하든 무슨 상관이람? 빨간 신발로 기분이 좋아질 수 있는데 신발을 안 사는 유일한 이유가 남들이 뭐라고 할지 두렵기 때문이라면, 그러는 내가 정말 바보다!"

그러게. 바보가 되고 싶지는 않았다. 빨간 신발족에 동참하자!

결국 자포스Zappos(옮긴이주: 미국의 신발 전문 인터넷 쇼핑몰)에서 빨간 뉴발란스 운동화를 주문했다.

그리고 어떤 일이 벌어졌을까?

그 빨간 운동화는 처음 신었을 때부터 마음에 쏙 들었다. 내 영혼은 기뻐서 점프하고 춤췄다. 그동안 신었던 신발 중 가장 마음에 들었다. 무엇보다 이 신발을 신었을 때의 느낌이 좋았다. 빨간 운동화를 신었다고 더 유머 감각이 풍부해지거나 더 자신만만해지거나 더 생기가 가득해졌는지는 잘 모르겠다. 그러나 이 운동화를 신으면 확실히 내가 남이 생각하는 대로 사는 사람이 아니라는 점을 느끼게 된다.

"바보 같아 보여도 당신이 그것을 신경 쓰지 않으면 거기에는 힘이 있다."

– 에이미 폴러Amy Poehler(옮긴이주: 미국의 코미디언, 배우)

이 신발을 처음 신고 나간 날, 한 식당에 갔다. 우리 테이블로 온 웨이트리스가 "손님 신발이 마음에 들어요!"라며 명랑하게 말했다.

이 웨이트리스가 내 신발 이야기를 하고 있다는 것을 알아채고 (그 전에는 한 번도 신발에 대한 칭찬을 받아본 적이 없었다.) 나는 미소를 지으며 이렇게 대답했다. "네, 저도 마음에 들어요."

아마 당신이 이미 빨간 신발을 갖고 있는 빨간 신발족이라면 이렇게 생각할 것이다. '아니, 빨간 신발 하나 사려는 결심을 하느라 그렇게 오랫동안 끙끙 앓았다고? 별로 심각한 결정도 아니구먼!' 아니면 빨간 신발을 사는 데에는 전혀 관심이 없는 타입이라, 내가 스타워즈 제다이 마술 같은 것을 걸어서 은연중에 빨간 신발을 사게 만들려고 이런 이야기를 늘어놨다고 여길 수도 있다.

내가 말하고자 하는 바는 빨간 신발과는 전혀 관계가 없다. 당신이 어떤 종류의 사람이든, 아마 언제나 갖고 싶어 했던 것이 있거나, 무언가를 해보고 싶었거나, 이런 사람이 되어야겠다고 (마음속으로) 열망하지만 스스로 포기한 적이 있을 수 있다는 점이다. 나는 '그런 사람'이 아니라며 스스로를 애써 설득했을 수도 있다.

그런데, 당신은 바로 '그런 사람'이 될 수 있다. 당신이 간절히 원한다면.

당신의 빨간 신발은 무엇인가?

Pick yourself

골라보세요!

40

허락을 기다려야 할지니

세상이 바뀌었다. 옛날에는 대학 졸업장이 있으면 어느 정도 괜찮은 직업을 가질 수 있었다. 더 이상은 아니다. 역설적으로, 꿈을 좇아 멋진 인생을 스스로 만들어갈 수 있는 기회는 그 어느 때보다 많다.

얼마 전까지만 하더라도 중간에서 모든 것을 규정하는 '게이트키퍼gatekeeper'가 있었다. 게이트키퍼는 무슨 음악을 틀어야 할지, 무슨 책을 써야 할지, 무슨 작품을 전시할지, 어떤 뉴스를 공유할지, 어떤 아젠다를 밀어야 하는지, 어떤 사업 아이디어가 먹히는지를 결정했다. 심지어 어떤 꿈이 실현 가능할지도 예전에는 게이트키퍼가 규정했다. 당신이 해야 할 일은 누군가의 선택을 기다리는 것이었다. 대학에 입학할 때도, 어떤 책을 내고 싶어도, 갤러리에 작품을 전시하고 싶어도, 어딘가에서 공연하고 싶어도, 어느 회사에서 일하고 싶어도, 게이트키퍼가 선택을 해줘야만 했다.

일부 게이트키퍼는 여전히 존재한다. 그러나 예전처럼 그 권한이 막강하지는 않다.

이제 당신은 발명가 에디슨의 머리를 폭발시킬 만한 정보력의 도구에 접근할 수 있다. 그 도구들은 인터넷 덕분에 거의 대부분 공짜이기도 하다.

도서관이나 애플 아이튠즈 iTunes 에 있는 무료 콘텐츠라든지, 칸 아카데미Kahn Academy (옮긴이주: 4,000개의 강의를 무료로 제공하는 인터넷 동영상 강의 프로그램)를 살펴보면, 배우고 싶은 것은 무엇이든 배울 수 있다.

스카이프Skype 인터넷 전화로 전 세계 누구와도 화상회의가 가능하다. 킥스타터를 이용하면 프로젝트 진행이나 사업에 필요한 돈을 모금할 수 있다. 작가가 되고 싶거나, 출판하고 싶거나, 음원을 발표하고 싶거나, 물건을 팔거나, 콘서트를 개최할 수 있는 각종 도구가 널려 있다. 혼자 할 수 있는 일은 이외에도 많다.

이제 질문은 "어떻게 내 꿈을 이룰까?"가 아니라 "언제 시작할까?"가 되어야 한다.

활용할 만한 멋진 도구들이 엄청나게 많은데도 많은 사람들은 여전히 허락을 기다린다.

우리는 누군가가 내게 일을 제안해주기를 기다린다. 계약서를 들고 와서 보상을 해주기를 기다린다. 우리에게 기회를 주기를 기다린다.

우리는 누군가가 문을 열어주기를 기다린다. 축복해주기를 기다린다. 지금이 바로 그때라고 말해주기를 기다린다.

우리는 누군가가 그 정도면 당신은 충분히 훌륭하다고, 재능 있다고, 준비됐다고 말해주기를 바란다.

우리는, 누군가가 우리에게 시작하라는 허락을 내려주기를 기다린다.

그러는 동안 어른병은 점점 커져만 가는, 이루지 못한 꿈의 바다에서 유유히 헤엄치고 있다.

하지만 진짜 삶은 학교 운동장에서 발야구를 하는 것과는 전혀 다르다. 누군가 당신을 되도록이면 빨리 선발해주기만을 초조하게 기다리기만 해서는 안 되는 것이다.

허락을 기다리기보다는 차라리 양해를 구하는 게 낫다.

당신의 마음속에 있는 원대한 꿈은 무엇인가? 클릭만 하면 그 꿈을 이룰 도구를 활용할 수 있다. 작가, 교사, 아티스트, 뮤지션, 기업가, 세상을 바꾸는 인물……. 이런 꿈을 이루는 데 타인의 허락은 필요하지 않다. 당신은 이미 훌륭하다. 재능이 있다. 준비되었다. 친절하다. 그리고 믿거나 말거나, 시작할 만한 용기도 있다.

당신 앞에 놓인 앞으로의 삶의 여정에서 당신에게 일어날 멋진 일들을 상상해보라. 설레지 않는가!

무엇을 더 망설이는가?

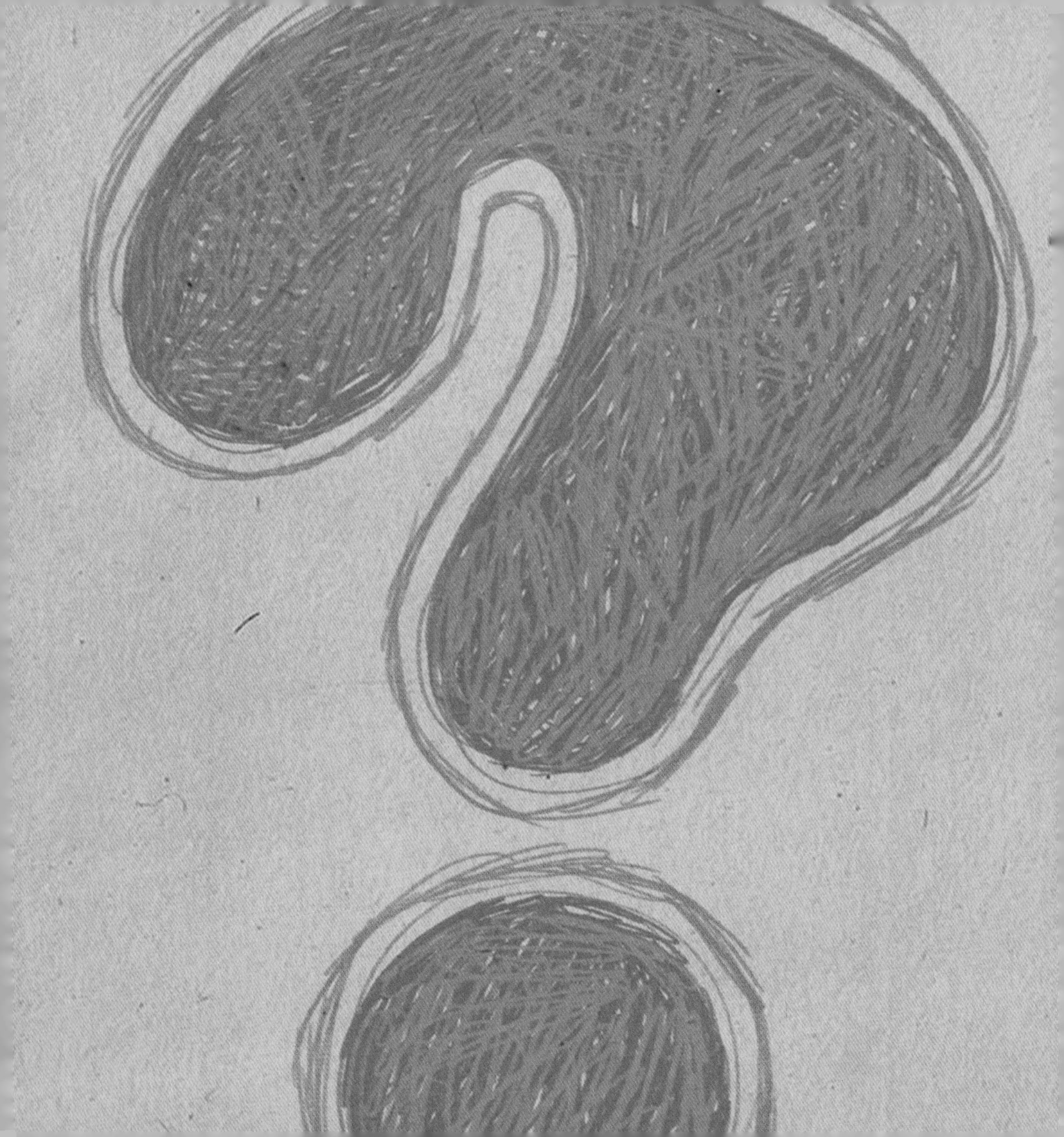

[존재하지 않는 규칙을 적어주세요]

존재하지 않는 규칙의 숫자는 이 책에 나온 40개 외에도 많습니다.
웹사이트(rulesthatdontexit.com)를 방문해 여러분이 찾아낸 규칙을 공유해주세요.

opt out

하지 않기를 선택하기

마지막으로……,

인터넷 쇼핑을 하다보면 상품 결제 과정에서 뭔가 광고성 이메일을 받겠느냐고 물어보는 체크박스가 등장한다. 어떤 때는 당신이 직접 그 박스를 클릭하여 이메일을 받겠다고 결정하기도 한다. 그런데 어떤 경우에는 미리 그 체크박스에 표시가 되어 있기도 하다. 자동적으로 당신이 그런 이메일을 원한다고 가정하는 것이다. 하지만 당신이 원하지 않는 경우에는, 그 체크박스의 체크를 해제하여 이메일을 안 받을 수 있다.

주의를 기울이지 않으면, 원하지도 않는 쓰레기 같은 이메일을 잔뜩 받게 된다.

존재하지 않는 규칙대로 살아가는 것은 이렇게 미리 체크해놓은 체크박스와 함께 살아가는 것과 같다.

이제 '안 하기로 선택'해야 할 시간이다.

선입견, 가정, 편견으로부터 벗어나기를 선택하라. 그리고 무엇이 당신에게 가장 좋을지 신중히 생각하여 결정하라.

책의 앞부분에 썼듯, 이 책은 존재하지 않는 모든 규칙을 담지는 못한다. 그중에는 어처구니가 없는 규칙도 있고, 벗어나기 어렵지 않은 규칙도 있다. 예를 들어 커다란 숫자 모형 옆에서 사진 찍지 말라는 규칙 같은 것 말이다. 다른 내용들은 좀 더 무게감이 있다. 예를 들어 생계를 꾸리기 위해서는 맞벌이를 해야 한다든지, 결혼하기 전에 꼭 같이 살아보라든지, 병원에서만 출산해야 한다든지, 자녀를 꼭 기존 학교에 보내야 한다든지 하는 규칙 등은 좀 더 진지한 내용이다. 내가 계산해본 바에 따르면 세상에는 1,385,984개의 규칙들이 존재한다. 그런데 대부분은 규칙이라고 천명되지 않은 내용이다. 그러니 이런 규칙을 발굴하려는 내 노력이 여러분의 삶에서도 존재하지 않는 규칙을 찾아내는 출발점이 되기를 바란다.

일상생활에서 이런 규칙을 만났을 때 해당 규칙의 가치를 판단할 수 있는 방법이 있다. 스스로에게 물어보라.

"왜 내가 이 규칙을 지키고 있지?"

그리고 솔직한 답을 찾아본다.

만약 그 답이 "여러 가지 다른 방법으로 해봤는데, 내 마음에 가장 드는(또는 가장 효과 있는) 방법이라서", 또는 "규칙을 따르지 않으면 감옥에 가거나 누가 죽을 수도 있어서"라면, 꼭 지켜야 하는 규칙일 가능성이 매우 크다.

그런데 만약 "000(어떤 사람, 어떤 집단)이 항상 이렇게 하니까"라는 이유라면, 거대한 경고판을 들어야 할 필요가 있다. 이런 규칙이야말로 쿡쿡 찔러보고 집중적으로 알아봐야 하는 종류다. 이렇게 생각해야 한다. 이게 내가 정말 원하는 것인지? 이 규칙을 지킬 때의 장단점은 무엇이고, 무시할 때의 장단점은 무엇인지? 뭔가 대안이 있는지? 이런 규칙의 기원은 무엇인지? 당신은 아마 "우리가 어떤 일을 행하는 방식"이, 과거에도 항상 그 방식대로 행해진 것은 아니었다는 점을 발견하고 놀랄 수도 있다.

마지막으로, 만약 남이 나를 어떻게 생각할지 걱정되어 어떤 규칙을 지키고 있었다면 그 규칙과는 작별인사를 하라. 그런 규칙이야말로 불필요하고 어리석다. 어른병의 손아귀 안에 당신을 옭아매는 것이다.

"잠깐 한숨 돌려 생각만 해봐도 우리가 태어난 이유와 정반대로 하느라 시간을 낭비하는 경우가 있다. 왜 그렇게 시간을 낭비하고 있는가?"

– 토머스 머튼Thomas Murton (옮긴이주: 미국 트라피스트 수도회 신부이자 《칠층산 The Seven Storey Mountain》을 쓴 작가로 현대의 대표적인 영적 스승으로 꼽힌다.)

한 가지 더 짚을 내용이 있다. 이렇게 규칙을 찾아내고 규칙에 대해 생각해보는 것이 쉬운 일이라고 지레짐작하지 말자. 결코 쉽지 않다.

내 경험상으로는 그랬다.

많은 사람들이 '존재하지 않는 규칙'에 관한 책을 쓸 정도의 저자라면 태어날 때부터 규칙 파괴자였을 것이라고 짐작할지도 모르겠다.

rule breaker

Three tips I'd like to give my 16-year-old self: 1) Be yourself. 2) Believe in yourself. 3) No amount of "cool guy smile" is going to offset those glasses.

규칙파괴자

16세의 나 자신에게 해주고 싶은 조언 1)너 자신이 되어라. 2)스스로를 믿어라. 3)'쿨가이'같은 미소를 지어도 촌스러운 안경을 쓴 모습을 가릴 수는 없다.

하지만 절대로 그렇지 않았다. 나는 어린 시절 튀는 것도, 어른들을 실망시키는 것도 끔찍하게 싫어했다. 선생님이 하라는 대로 했다. 선 안에만 색칠했다. 규칙을 얌전히 따랐다. 성적은 괜찮은 편이었는데 그 이유는 단기 기억능력이 좋았고 성적을 잘 받았기 때문이다. 사실, 그 두 가지 이외에는 좋은 성적 받는 데 다른 능력이 그다지 필요하지 않기는 했다.

나는 담배도 피워본 적이 없고, 문신도 해본 적이 없다. 교장실에 끌려가 혼난 적도 없고 불장난을 해서 혼난 적도 없다. 머리에 선이 그어진 것 같은 헤어스타일을 해보겠다고 어머니에게 용기 내어 말해본 적은 있지만 어머니가 허락하지 않았다. 오해하지는 마시라. 그렇다고 내가 완벽한 아이는 아니었다. 고교 시절 바보 같은 행동도 많이 했다. 부모님이 기꺼이 증명하실 수 있다.

세상에는 엄마 뱃속에서 태어나는 순간부터 세상에 순응하지 않는 그런 종류의 사람들이 있는데, 나는 그런 사람은 아니었다는 뜻이다. 물론 이런 종류의 사람들이 때때로 내게 영감을 준 적은 있지만, 이들로부터 배울 수 있는 게 많지는 않았다.

우리 대부분은 태어날 때부터 반항적으로 태어나지는 않는다. 하지만 멋진 인생 스토리를 만들어 나가려면 어느 정도는 규칙을 잘 어겨야 한다.

어떻게 할 수 있느냐고?

용감해지기를 연습하라.

몇 년 전 휴스턴에서 강연회를 한 후 갤버스톤으로 놀러간 적이 있었다. 이 때 네 살이었던 루시는 물장난을 치며 '파도 약올리기'라고 이름붙인 놀이에 푹 빠졌다. 아내는 몇 달 전 플로리다에 놀러 갔을 때에 비하면 루시가 훨씬 더 깊은 물로 들어가고 싶어 했다고 말했다.

물론 루시가 지금 다이빙을 제대로 한다든지 하는 것은 아니다. 굳이 그럴 필요도 없다. 루시는 그때 '그만큼 용감'했던 것이다.

나는 상당부분의 어린 시절을 두려워하며 지냈다. 새로운 경험을 두려워하고, 새로운 사람을 만나는 것을 두려워했다. 잘 알지 못하는 것에 대한 두려움. 익사할지도 모른다는 두려움. 바보처럼 보이는 데 대한 두려움. 미래에 대한 두려움. 큰 실패에 대한 두려움도 있었다. 심지어는 천둥, 번개, 소방차도 무서워했다.

시간이 지나면서 이런 두려움들이 서서히 사라지기 시작했다. 몇 가지 이유 덕분이었다. 잠시 쉬는 동안 영적으로 나 자신을 충전하면서 자신감과 용기를 키웠다. 후회에 대한 두려움이 새로운 것을 시도하는 두려움에 비해 훨씬 더 고통스럽다는 것을 서서히 깨달았다. 사업을 운영하며 파생되는 불확실성에 대해 익숙해지는 훈련을 했다. 스스로의 안전지대를 조금씩 조금씩 넓혀 갔다. 그때마다 그만큼 용감해진 덕분이었다.

〈우리는 동물원을 샀다We Bought a Zoo〉라는 영화에서 맷 데이먼Matt Damon은 이렇게 말했다. "때로는 미친 용기를 딱 20초만큼만 낼 필요가 있어. 말 그대로 20초 동안 얼굴이 화끈거릴 정도로 용감해지는 거야. 장담하건대, 그렇게 하면 뭔가 대단한 일이 생기게 돼."

Just Brave Enough

이만큼 용감해지기

당신은 어떨지 모르겠다. 하지만 나는 멋진 삶의 이야기를 쓰기 위해 타고난 규칙파괴자가 될 필요는 없다는 점을 알게 되어 마음이 편하다. 항상 용감해야 한다든지 항상 용기를 내야 할 필요는 없으니까 말이다.

단 20초만 용기를 내보자. 그러면 된다.

더 많은 용기를 낼수록 발전한다. 용기를 낸 결과물을 보고, 어른병의 사슬을 하나씩 끊으며, 스스로에 대한 구속에서 벗어나 자유를 만끽하기 시작한다.

책의 앞부분에서도 언급했듯이, 이 책을 쓴 목적은 어떤 선택을 하라고 말해주기 위함이 아니다. 의도를 갖고 선택하는 게 중요하다고 말하고 싶었다. 다른 사람이 미리 만들어놓은 붕어빵 같은 계획을 그대로 삶에 적용하지는 말자. 현상에 안주하지 말자.

존재하지도 않는 규칙을 준수하면서 살아가는 것은 평균적인 삶을 살겠다고 예약하는 것과 같다.

당신은 그보다는 더 나은 삶을 살 수 있다. 멋진 당신은 그만큼 멋진 삶을 누릴 자격이 있다. 마법과 놀라움, 사랑과 의미가 가득한 그런 삶 말이다.

당신의 삶은 하나의 이야기다. 짧은 이야기다. 괜찮은 이야기를 만들어보자.

이제 실천에 옮겨보자. 내 삶을 옭아매던 규칙을 깨보자.

make YOUR Escape 탈출하라.

너는 나를 완전하게 해.

혼자 가지 말지니

가치 있는 일은 결코 혼자 달성할 수 없습니다. 이 책도 예외는 아닙니다.

이 프로젝트에 대한 제안을 하고, 주도하고, 치어리더 역할을 해준 미셸 그라즈코프스키에게 감사드립니다.

로즈 힐러드와 세인트 마틴 팀. 이 책과 저를 믿고 열심히 일해줘서 좋은 결과를 내주셔서 감사드립니다.

스미스 여사와 도슨 씨. 저도 모르던 저의 새로운 면을 발견해주셔서 감사합니다.

다이아나 개럿, 조슬린 베드너릭, 데이비드 버그시커, 마크 A. 넬슨, 제이 폴 벨, 레이 프레드릭스. 저를 더 나은 아티스트가 되도록 가르쳐주셔서 감사합니다.

매트 티퍼라이터, 마이크-미셸 클라크. 벤처캐피털리스트로서 사업 초기에 성원해주셔서 고맙습니다.

피트 러브랜드. 우리가 가장 필요로 할 때 구명줄을 던져주셔서 고마워요.

마이크 도미츠. 대담한 솔직함과 자상한 우정, 그리고 영감 넘치는 삶의 본보기를 보여주셔서 감사합니다.

크리스 클라크-엡스타인. 현명한 가이드가 되어주셔서 고맙습니다.

린 카터. 당신은 무대 뒤 락스타예요. 당신 없이는 살 수 없어요.

주디 아이린. 다음 단계에 도달할 수 있도록 도와주셔서 고마워요.

라이언 맥레이. 정의의 전당에 오를 수 있을 만큼 진실한 친구가 되어줘서 감사해요.

형제인 댄과 더그를 비롯해 코테키, 라미스, 허트, 길리엄 가(家) 분들 모두 격려와 성원 감사드립니다.

수, 고마워요. 기도의 손길과 신실한 믿음을 통해 제게 도전과 영감을 주신 점 감사합니다. 제나, 고마워요. 이 목적을 위한 당신의 헌신을 보면 숙연해집니다. 당신의 우정은 값어치를 따질 수 없는 선물입니다.

장인어른, 장모님, 멋진 딸을 키워주셔서 감사해요. "모든 장인 장모는 악마일지니"란 규칙을 깨주셔서 고맙습니다.

어머니, 아버지, 축복해주시고 이 꿈을 좇을 수 있게 격려해주시고 기쁠 때나 슬플 때나 함께해주셔서 감사드립니다.

루시. 깊고 아름다운 눈만큼 너는 깊은 마음을 가졌구나.

벤. 너는 아빠의 햇살이란다. 네 옆에 있으면 아빠는 행복해진단다.

지니. 아빠가 앞으로 해야 할 무언가 큰 것이, 사실 아빠 앞에 있는 바로 이 작은 생명체일 수도 있다는 것을 일깨워줘서 고맙다.

킴. 당신은 나의 가장 큰 지지자이자 가장 좋은 친구입니다. 얼마나 당신을 사랑하는지 말로 표현하는 것은 무지개를 한 가지 색깔로만 그리라는 것과 같아요.

모든 것의 창조주이신 하나님. 제게 창의력이라는 선물을 주시고 당신이 만드는 위대한 스토리의 일부분으로 일할 수 있게 해주셔서 감사합니다.

강연 기회를 주셨던 모든 분들, 제가 만든 뭔가를 사주셨던 분들, 격려 이메일을 주셨던 분들, 우리의 메시지를 친구와 공유하신 모든 분들께 감사드립니다. 여기서 미처 언급하지 못한 분들께도 감사의 말씀을 드립니다. 나눠주셨던 친절한 격려를 많은 분들에게 전파하면서 살아가는 것으로 그 은혜를 갚아 나가겠습니다.

고맙습니다.

옮긴이의 글

번역을 위해 이 책을 처음 폈을 때 눈에 확 들어오는 예쁜 일러스트와 함께 '아이들을 학원에 좀 덜 보내고 지루하게 둬도 된다.', '복지혜택이 좋은 직업을 선택하는 것은 고정관념이다.' 등의 내용이 눈에 들어왔다. 격하게 공감했지만 지금의 한국에서는 비현실적이라는 생각도 들었다. 그런데 이 책을 번역하는 동안 사건이 하나 생겼다. 알파고가 이세돌을 이겨버린 것이다. 마냥 마룻바닥 청소 정도나 할 것 같던 로봇이 프로바둑기사를 능가한 충격파는 바로 교육계를 강타했다. 의사나 법조인, 공무원처럼 기존에 우리가 알던 소위 좋은 직업들과 음악, 미술, 예능 등 창의적인 분야까지도 인공지능에 의해 대체 가능하다는 전망이 나왔다. '열심히 공부하다 보면 좋은 직업을 얻는다.'는 기존의 성공공식에 일대 혼란이 왔다. 한편, 언론매체에서는 소위 '덕후'들을 예전에 비해 자주 다루기 시작했다. 한마디로 기존의 틀을 깰 수 있고 기발한 사고방식을 가진 사람들이 상대적으로 더 주목받기 시작했다.

이 책의 저자인 제이슨 코테키는 바로 이런 기발한 사고방식이 특별한 사람들의 몫이 아니며, 평범한 사람들도 일상생활에서 존재하지 않는 규칙을 타파함으로써 얻을 수 있다고 말한다. 그가 제시하는 방법들은 유쾌하다. '쟁여 놓았던 고급 식기들을 당장 꺼내 써라.'처럼 일상생활에서 쉽게 따라할 수 있는 것도 많다. 책에서 제시한 방법을 통해 인생의 중요한 순간이나 삶 자체를 바꾼 사례(저자 자신을 포함해)를 보다 보면 저절로 미소가 지어진다. 실제로 코테키가 얘기한 '차 안에서 마음껏 노래 부르는' 컨셉으로 전 세계 시청자를 사로잡은 코미디언도 있지 않은가!(레이트 레이트 나이트 쇼 '카풀 가라오케'를 진행하는 제임스 코든)

인생 성공이라는 엄숙한 목표를 갖고 이 책을 집어 드는 독자도 있을 것이다. 그러나 책을 다 읽었을 때는 그 '성공'의 정의가 어쩌면 바뀌어 있을지도 모른다. 어쩌면 그 새로운 성공은 일상에서 약간 유치하고 아이다운 행동을 용기내서 해보는 것에서 시작될지 모른다. 그리고 혹시 주변에 아이가 있다면 그들과 많은 얘기를 나누어보자. 아이가 있는 부모라면 아이와 함께 이 책에 있는 내용을 함께 실천해보자.

책을 다 번역할 때쯤, 아이를 가르치려 하지 않고 아이의 말에 귀 기울이고 있는 나 자신을 발견했다. 코테키의 유쾌한 접근 방식을 통해 어른병과 아집, 자신만의 주장에 갇힌 사람들의 삶에 크고 작은 즐거움이 깃들기를 기대해본다.

이 책에 수록된 부록은, 저자로부터 허락을 받고 저자의 홈페이지(http://adultitis.org)에서 일부 발췌한 것입니다. 이 책에는 총 4개의 부록(Fact / Diagnosis / Get Tested & Result)을 실었으며, 위의 홈페이지에는 더 다양하고 자세한 내용이 있으니 관심 있는 분들은 저자의 홈페이지를 방문해보세요.

특히, 책의 부록 3번에 실린 '자가진단 테스트'는 위의 홈페이지에서 직접 실시해야 자신만의 진단 결과를 얻을 수 있음을 알려 드립니다. 테스트는 영어로만 되어 있기 때문에 이 책에 번역된 우리말을 참고해 테스트를 실시하시기 바랍니다. 테스트 결과는 테스트 이후에 얻으실 수 있으며, 결과 또한 이 책에 우리말로 번역되어 있으니 참고하시기 바랍니다. (편집자주)

1. 팩트는 이렇다 : 어른병이란 무엇인가?

● 어른병이란?

어른병은 21~121세 사이의 성인에게 자주 발병한다. 주요 증상으로는 만성적인 무더짐, 가벼운 우울증, 중간~극심한 수준의 스트레스, 변화에 대한 두려움이 있으며, 일부 심각한 경우에는 미소 짓기가 힘들어질 수 있다. 어른병 환자들은 목적을 상실했거나, 불만이 많고 일상생활에서 조바심이 많은 것처럼 보인다. 청구서 더미, 과도한 책임, 지루한 업무가 발병을 가속화시킨다. 일반적으로 이 증상을 보이는 환자와 함께 있으면 재미가 없다.

어른병이 발견되고 몇 년 후, 여러 권의 책을 낸 지혜로운 저자인 세스 고딘Seth Godin(옮긴이주: 세계적 베스트셀러 《보랏빛 소가 온다》의 저자)은 어른병을 정의하면서 "어른됨이 몸에서 부어오르는 것"이라고 지적했다. 그의 관찰이 정확하다. 어른의 특성인 책임감이나 합리적, 실용적인 성격은 바람직하지만, 이러한 특성이 부어오를 정도로 커지면 우려의 대상이 된다.

● 얼마나 많은 사람이 어른병 환자인가?

불행하게도 어른병 테스트를 못 받는 경우가 많기 때문에 얼마나 많은 사람들이 어른병 환자인지 정확하게 헤아릴 방법은 없다. 다만 우리가 실시한 자가진단 테스트 결과를 취합한 결과, 최대 91퍼센트에 달하는 사람들이 어른병 증상과 함께 살아간다는 결론을 낼 수 있었다. 쉽게 말해, 유행병으로 정의하려면 어떤 숫자가 최소 17배로 늘어나야 된다고 하는데, 어른병은 너무 만연해 있는 나머지 1347년의 흑사병 대유행조차 우습게 보일 지경이다.

● **누가 어른병을 발견했나?**

어른병은 2005년에서야 공식적으로 발견되었으나 어른병은 수백년 전부터 존재했던 것으로 보인다.
몇 백 년 동안 돌았던 것으로 추정되는 어른병은 비교적 최근에 '제이슨 코테키'가 발견해 '어른병'이라는 이름을 붙였다. 코테키는 아이들을 관찰하다가 아이들은 '스트레스 때문에 죽겠다'는 불평을 거의 하지 않고 어른보다 삶을 즐긴다는 점을 깨닫고 이 병을 인지하게 되었다. 추가 연구 결과 네 살 아이들은 하루에 약 400회 가량 웃는 반면, 어른은 하루 15회밖에 웃지 않는다는 점을 발견했다. 이 시기에 이르러 코테키는 뭔가 대단한 것을 발견하기 직전이라는 점을 깨닫게 된다. 아이와 어른들이 웃는 횟수가 현저히 차이 나는 이유가 단순히 어른들이 토요일 아침 만화를 덜 보거나 친구들과 농담을 덜 하기 때문만은 아니며, 이는 상당히 심각한 질병이라는 것을 알게 된 것이다. 결국 이러한 증상의 질병에 코테키는 '어른병'이란 이름을 붙였다.

● **어른병은 치명적인가? 어른병의 후유증은 무엇인가?**

그렇다. 어른병으로 인해 죽음에 이를 수 있다. 어른병은 스트레스를 - 아주 많이 - 유발한다. 만성 스트레스는 체내 코티솔 지수를 높이고 면역체계를 약화시킨다. 그 결과 감기, 독감은 물론 심장병, 당뇨 등의 질환과 자살, 치명적인 사고 등에 인체를 더욱 취약하게 만든다. 실제로 병원을 찾는 이유 중 75퍼센트가 스트레스와 직간접적으로 연관되어 있다.
그뿐만이 아니다. 어른병으로 금전적 손실도 생길 수 있다. 연간 미국에서만 3억 달러, 또는 직원당 7,500달러에 달하는 비용이 스트레스와 관련된 보상 청구 비용이다. 생산성 저하, 결근, 건강보험 비용, 직접적 치료비, 퇴사 등의 결과를 초래하기도 한다.(출처: 미국 질병관리본부, 직장 내 안전건강 연구소)

어른병 증상이 비교적 적은 사람들은 장수하며 삶을 더 잘 즐기는 경향이 있고, 삶의 즐거움을 회피하려는 직장동료나 가족들을 결코 내버려두지 않는다. 어른병은 스트레스를 유발할 뿐 아니라 몸의 활력을 떨어뜨리고 불면증과 불안감을 유발한다. 극단적인 경우에는 미소 짓는 능력을 아예 상실할 수도 있다. 결코 무시할 수 없는 포스(force)를 풍기는 것이다.

● 어른병에 걸리게 되는 경로는?

매우 전염성이 높은 어른병의 감염 경로는 다양하다. 그 중 몇 가지를 소개한다.

- 다른 어른병 환자와 상당히 오랫동안 밀접하게 지내는 경우
- 버는 돈이 아무리 많더라도 자기자신을 대포 안에 넣어 벽으로 쏘고 싶은 충동을 느끼게 하는 직업에 계속 종사해야 하는 경우
- 당신의 꿈과 열정을 무시하고 엄마, 이웃, 사회가 하라는 것을 좇아야 하는 경우
- "왜 그렇게 해야 하지?"라는 질문에 "항상 그렇게 해왔으니까!"라고 답변하는 일이 많아진 경우
- "이 다음 대박"을 지속적으로 좇으면서 의식적으로(또는 무의식적으로) 남들에게 뒤지지 않으려고 애쓰는 경우
- 매사에 너무 심각해지고 웃을 만한 일을 외면하게 될 때
- 타인의 평가나 시선에 노예가 되어 타인에게 자신의 진짜 모습을 보여주지 못할 때
- 토요일 저녁 뷔페에서 치워야 할 접시를 잔뜩 든 직원보다 더 많은 업무에 파묻히게 될 때
- 어떤 연구조사결과에 따르면, 절대자(higher power)를 믿지 않는 사람들이 어른병 감염률이 더 높다.

● 어른병 감염을 발견하지 못하는 이유는?

어른병 감염을 발견하지 못하는 이유는 다양하다. 그 중 하나는 어른들은 사람을 한 번 보고 어른병 환자를 구분하기 어렵기 때문이다. (역설적으로 아이들은 어른병 환자를 금세 구별해낸다.) 또 다른 이유는, 어른병을 진단하고 치료해야 할 사람 스스로가 어른병 환자인 경우가 많기 때문이다. 어른병 자체가 판단력을 흐리게 하고 최악의 경우 환자 스스로가 어른병이 존재한다는 사실 자체를 부정하게 만든다. 마지막으로, 어른병에 대해 밝혀진 사실이 아직 극히 적기 때문이다. 그러므로 어른병 자가 테스트를 통해 어른병 확산을 최대한 방지해야 한다.

● 나이가 어른병 감염의 요인이 될 수 있는가?

놀랍겠지만 아니다. 나이와 관계없이 모든 사람은 어른병에 걸릴 수 있다. 발병 위험이 특히 높은 나이대가 따로 없다. 90세의 나이에 어른병에 전혀 시달리지 않는 경우도 있고, 아예 움직일 생각조차 하지 않는 심각한 어른병 증상을 보이는 경우도 있다. 같은 증상이 30세에게도 나타난다. 30~90세 나이대 모두에서 나타나는 현상이다.

● 어린 아이도 어른병에 걸릴 수 있는지?

불행하게도 그렇다. 아이들은 선천적으로 어른병 면역체계가 있음에도 불구하고 특정 상황으로 인해 청소년 어른병이라고 불리는 증상이 나타나기도 한다. 아이들이 공부나 운동을 잘해야 한다는 극심한 압박에 시달리거나, 보호자가 근시안적이고 이기적이며 강압적인 경우 아이들도 어른병 발병 위험이 높아진다.

● 자녀가 어른병을 일으키는 원인이라고 하던데, 사실인지?

어른병은 교활한 적군이다. 레이더망을 피하는 한편 익명으로 활동한다. 인생에서 벌어지는 어떠한 상황이라도 어른병 발병으로 이어질 수 있으며, 해당 상황을 쉽사리 탓하게 될 수 있다. 아이를 키우는(특히, 이가 나기 시작해 밤잠을 푹 못자는 아기를 키우는) 경우 어른병은 육아 핑계를 대며 뒤에 숨어버린다. 어른병은 건강이나 재정 문제, 실직, 파경, 누군가의 죽음과 같이 스트레스를 많이 받는 경우에는 드러내놓고 등장한다. 일반적으로 어른병은 어떤 특별한 어려움 때문에 발병하지는 않으며, 우리가 그 어려움에 어떻게 대응하는지에 따라 발병 여부가 결정된다. 실제로 아이들은 어른병의 특효약일 수 있다는 연구 결과도 많이 있다.

● 어른병은 고칠 수 있는가?

어른병을 완전히 극복하는 사례는 드물지만 가능은 하다. 치료를 하면 차도를 보이는 통제 가능한 상태로 돌입하게 된다. 물론 더 일찍 발견할수록 병 치료와 통제가 쉬워진다.

다년간의 임상연구 결과 현재는 일상생활을 침범하지 않고 꾸준히 받을 수 있는 치료법이 개발되어 대부분의 환자가 치료 후 즐겁고 생산적이며 어른병으로부터 자유로운 삶을 살 수 있게 되었다.

불행하게도 어른병을 퇴치하려면 아직도 먼 길을 가야 한다. 어른병 자가진단도 테스트도 해보고, 어른병에 대한 인식 확대 캠페인 활동에도 참여해주기를 바란다. 이 골칫거리 어른병을 지구에서 퇴치할 수 있도록!

2. 어른병 진단: 나는 어른병 환자일까?

● 어른병 환자는 어떤 사람들인가?

신체적인 특징을 보고 어른병인지 아닌지를 확실히 구분하기란 어렵다. 어른병은 남녀 모두에게서 흔히 나타나며 모든 인종과 국적에서 발병한다.(프랑스의 어른병 발병률이 특히 높기는 하다.) 어른병이 진행되면 눈과 눈 사이에 주름이 생긴다든지, 어깨가 축 처진다든지, 정신없이 돌아다닌다든지, 과도하게 찡그린다든지, 좀비처럼 노려보는 행동을 하게 된다.

저명한 어른병 전문가 제이슨 코테키는 다양한 유명인들의 어른병 정도를 진단하는 사례 연구를 진행한 바 있다.

● 어른병인지 어떻게 알아볼 수 있는가?

먼저, 하단에 명시된 경고 사인을 참조하라. 1개 이상에 해당되는 경우 심층검사를 통해 어른병 확진이 가능하다.

● 어른병을 경고하는 징후는 무엇인가?

어른병 징후

이런 경우 어른병을 의심할 수 있다.

- 외과적인 수술로 휴대폰과 내 머리를 합치는 방법이 나왔으면 좋겠다고 생각한다.
- 위대한 비전과 계획이 아니었다면, 영혼이 탈탈 털리고 죽을 것만 같은 지금 이 일을 분명 그만뒀을 것이다.
- 어두울 때 출근하고 어두울 때 퇴근한다. (알래스카에 사는 게 아닌데도!)
- 종종 차 안이나 전자레인지 근처에서 가족들이 저녁식사를 하곤 한다.
- 취미생활을 할 시간은 없지만 TV는 너무 장시간 시청해서 'TV 시청 시간 제한' 알람이 울리곤 한다.
- 아이들이 과외활동이나 학원을 너무 많이 다닌다.
- 누드 비치를 기피하는 단 하나의 이유는 휴대전화를 꽂을 옷 주머니가 없기 때문이다.
- 마지막으로 휴가를 갔던 기억이 마이클 잭슨이 살아있었고 '흑인'이었던 시절이다.
- 음성 사서함이나 이메일을 24시간 동안 확인할 수 없다면 그 생각만으로도 미칠 것 같다.

어른병 심층검사

위 증상 중 하나 이상을 보이는 경우, 공식 심층검사를 실시하여 어른병 환자인지 자가진단하시오.

지금 바로 검사하기!

3. 어른병 자가진단 테스트: 나는 어른병 몇 단계일까?

*이 테스트는 저자의 홈페이지 http://adultitis.org에서 실시할 수 있습니다.

지난 수십 년간 전 세계적으로 저명한 의사, 정신과 전문의, 천체물리학자, 서커스 광대들의 연구 조사를 통해 어른병 진단에 효과적인 다음 질문지를 개발하게 되었습니다. 이 테스트를 실시하면 어른병 환자인지 여부를 알 수 있을 뿐 아니라, 환자 중 어떤 부류에 속하는지도 알 수 있습니다.

1개 이상에 해당된다면 가장 자신에게 적합한 것을 찾아 1개만 선택하세요.
테스트를 하는 동안 안정을 유지하세요. 삶을 바꿀지도 모르는 진단을 받게 되어 조바심날 수 있겠지만, 병증에 대해 인지하는 것이 모험과 즐거움이 가득하고 어른병 없이 살 수 있는 첫 단계라는 점을 명심하세요.

1. 아침에 알람이 울리면 나는,

(　) 미소지으며 침대 밖으로 뛰쳐나온다.

(　) 벌떡 일어나 하품한 후 하루 일과에 대해 생각한다.

(　) 신음소리를 내고, 스누즈 버튼(아침에 잠이 깬 뒤 조금 더 자기 위해 누르는 라디오의 타이머 버튼)을 누른 후 베개 밑으로 머리를 묻어버린다.

(　) 알람시계를 창밖으로 던져버린다.

2. 동물원에 갔을 때 눈에 띄는 것은?

(　) '콜라 가격이 왜 이리 비싸! 기념품도 마찬가지고! 사람들이 이기적인 건 말도 말라고!'

(　) 동물 이름. 그러니까 코끼리, 사자, 호랑이, 곰 등등.

(　) 다양한 동물과 동물들의 색깔. 자연이 이렇게 아름답구나.

(　) 내 시계. 볼 것은 많고 다 보고는 싶고.

3. 보통의 주말에 나의 모습은?

(　) 스포츠나 취미생활을 즐기거나, 뭔가 떠들썩하게 보낸다.

(　) 일한다. 그것 말고 할 게 있다는 말인가?

(　) 밀린 집안일 하기.

(　) 의무적으로 가야 하는 곳에 간다. 하지만 즐겁게 지내려고 노력한다.

4. 내 책상이나 일하는 공간의 특징은?

( ) 파일과 사무용품이 꼼꼼하게 정리되어 있다.

( ) 종이가 산더미처럼 쌓여 있다.

( ) 나에게 영감을 주는 독특한 장난감이나 기념품으로 장식되어 있다.

( ) 대부분 업무와 관련된 물품이며, 가족이나 연인 사진 몇 점이 있다.

5. 꿈을 좇는 것에 대한 나의 생각은?

( ) 내 꿈은 너무 커서 사람들이 세상에 불만 있느냐고 할 정도다.

( ) 꿈을 좇을 시간이 전혀 없다.

( ) 두 단어로 요약하겠다. "직장이나", "구해라." 꿈을 좇는 사람보다는 실제 일하는 사람이 더 많이 필요하다고.

( ) 내게는 꿈이 있지만, 그 꿈을 현실적으로 유지하려고 한다.

6. 마트에 갔는데 내 카트 앞에서 한 꼬마가 춤을 추고 있다. 이 때 나의 반응은?

( ) 꼬마의 행동은 무시하고 꼬마가 비켜주기를 기다린다.

( ) 미소 짓고 윙크해주고 손을 흔들어준다.(꼬마를 따라 춤을 출 수도 있다.)

( ) 버럭 소리 지른다. "바쁘니까 비켜!"

( ) 도대체 꼬마 부모는 어디 갔기에 애를 혼자 놓아둔 건지 의아해한다.

7. 격식 있는 저녁식사 자리에 초대받았는데, 누군가가 내 신발 밑창에 화장지가 붙은 것을 발견했다. 이 때 나의 반응은?

( ) 살며시 화장지를 떼어버리고 별 일 아닌 것처럼 행동한다.

( ) 화장실 청소 담당이 누가 되었든지 간에 해고하라고 요구한다.

( ) 씩 웃고 말한다. "나중에 쓰려고 화장지 좀 갖고 왔는데 괜찮겠죠?"

( ) 바로 그 자리를 떠나서 화장지를 목격한 사람을 평생 피해 다닌다.

8. 아름다운 봄날. 회사 점심시간에 나는,

( ) 자리에서 식사한다. 일이 가장 중요하고 언제나처럼 일이 너무 많다.

( ) 오후 반차를 내고 놀러 간다.

( ) 밖에서 점심을 좀 오래 먹고 밀린 일을 한다.

( ) 잠깐 산책한 후 따분한 업무에 복귀한다.

9. 내 삶이 얼마나 흥미진진한지를 동물에 비유한다면 가장 비슷한 동물은?

( ) 공작새. 컬러풀하고 때로는 숨 막힐 정도로 흥미진진하다.

( ) 펭귄. 꽤 재미있긴 하지만, 날지는 못한다. 알다시피.

( ) 거북이. 좀 지루한 편이다. 하지만 바쁘려고 노력한다.

( ) 죽은 거북이

10. 대화하는 동안 상대방이 내가 잘 모르는 주제를 꺼내면?

( ) 무슨 말을 하는지 알아듣는 것처럼 가장한다. 바보처럼 보이고 싶은 사람이 어디 있나?

( ) 대화 주제를 재빨리 바꾼다.

( ) 나중에 더 알아본다.

( ) 바로 그 자리에서 해당 주제에 대해 상대방에게 더 물어본다.

11. 아이들은,

( ) 엄청나게 귀엽다. 하지만 조용할 때 가장 좋다.

( ) 내 롤모델이다.

( ) 내가 종종 못 보는 지혜를 볼 수 있는 꼬마 가이드들이다.

( ) 자꾸 뭘 흘리고, 성가시게 질문하고, 비행기에서 소리 지르는 짜증나는 존재다.

12. 웃는 횟수를 대강 세보자면?

( ) 하루 5~10회 웃는다.

( ) 하루 10~20회 웃는다.

( ) 하루에도 너무 많이 웃어서 셀 수가 없다.

( ) 세상이 이 모양 이 꼴인데 어떻게 웃고 지내겠는가?

테스트가 끝났습니다! 아래 버튼을 클릭해서 전문가들이 진단할 수 있도록 제출해주세요.

제출하기!

4. 어른병 진단 결과

*테스트가 끝나고 제출하기 버튼을 누르면 아래와 같은 진단 결과가 나타납니다.

● Negative 어른병 진단: 증세 없음

축하합니다! 어른병 증세가 없습니다! 굉장히 드문 축에 속하네요. 응답자 중 단 6퍼센트만이 부류에 속합니다. 그렇다고 너무 우쭐대지는 마세요. 어른병은 자기 만족 상황에서 생겨나며, 매일 우리를 쫓아다니니까요. '어른 탈출 인사이더(Escape Adulthood Insider, 웹사이트 http://escapeadulthood.com/blog/ 에서 가입 가능)'가 되어서, 심각하게 생각하지 않으려고 심각하게 노력하는 반란군의 일원이 되시는 것은 어떨까요?

● Stage 1 어른병 진단: 1기

경고하고 싶지는 않지만, 약한 어른병 증세가 있습니다. 만성적인 무더짐과 가끔 의미 없는 말을 해대는 현상을 겪고 있을 수 있습니다. 불행하게도 이 수준의 증세는 매우 흔해서 74퍼센트의 환자들이 이 부류에 속합니다. 좋은 소식은 이 정도의 증세는 치료가 가능하다는 것입니다! 효과를 극대화하기 위해서는, 바로 복용 가능한 어른병 해독제 모음을 받아보기 위해 escapeadulthood.com의 회원으로 등록하실 것을 권합니다.

● Stage 2 어른병 진단: 2기

매우 공격적 형태의 어른병으로 진행된 상태입니다. 16퍼센트의 환자들이 비슷한 증상을 겪습니다. 스트레스 지수가 매우 높고 웃는 데 어려움을 겪고 있을 가능성이 있습니다. 지금 바로 도움을 요청하세요. 가장 좋은 방법은 바로 복용 가능한 어른병 해독제 모음을 받아보기 위해

escapeadulthood.com의 회원으로 등록하는 것입니다. 연구자들이 현재까지 발견한 가장 강력하고 효과 빠른 치료 방법들이 들어있습니다.

● **Full-Blown 어른병 진단: 말기**

아주 심각한 상태입니다. 어른병 말기는 삶이 통제 불가능한 상태로 치닫고 있으며 주변에 당신과 함께 있고 싶어 하는 사람이 없다는 뜻입니다. (4퍼센트에 달하는 환자들이 이 증상 단계에 있습니다.) 하지만 절망하지는 마세요. 희망은 있습니다. 비슷하게 심각한 상황에 있던 다른 환자들도 상황을 완전히 바꿀 수 있었습니다. 당신도 그렇게 할 수 있습니다. 회복으로 가는 첫 번째 단계는 바로 복용 가능한 어른병 해독제 모음을 받아보기 위해 escapeadulthood.com의 회원으로 등록하는 것입니다. 연구자들이 현재까지 발견한 가장 강력하고 효과 빠른 치료 방법이 들어있습니다.

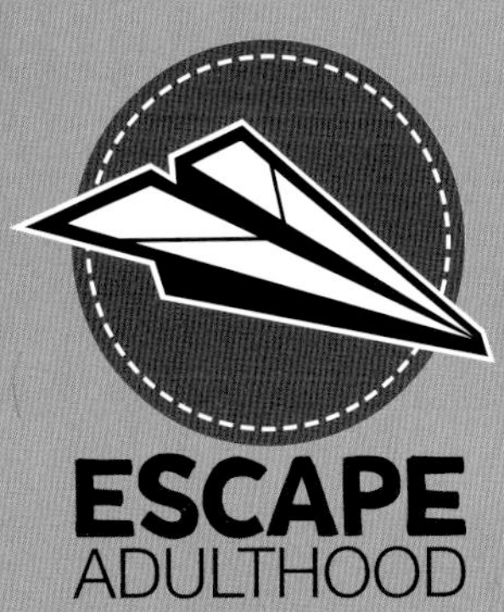

제이슨의 이메일 주소는 jason@escapeadulthood.com입니다.
어른병 퇴치를 위한 방법을 더 알고 싶으신가요? 제이슨을 초대해 더 많은 내용을 듣고 싶으신가요? escapeadulthood.com 에서 신청하세요.

CHOICE YOU'LL WISH YOU HAD MADE ON YOUR LIFE'S LAST DAY.
corn kernel with combover
Peanut, with Pompadour
Fuzzy Navel
Apple with Afro
Pear with Pigtails
Pineapple with a Perm
PEACE IS GODS OWN SMILE
Carrot with crew cut.
EscapeAdulthood.com/art
SPHINX
MUMMY
EASTER ISLAND
google eyeglasses
Are we having FUN yet?
ACT THINE AGE
All progress comes from unreasonable men.
DAVID.
get curious.
AUDACITY IS Awesome
elephant john
eltonphant

key lime pie
Chocolate Shake
Eat dessert first
truffles
POP STAR
sketch
book
Are we having FUN yet?
Penguins can't fly
Let's get nuts
Thou shalt not wear thy wedding dress after thy wedding day.
Without you it's a waste of time.
zombies?
I just wish I'd spent more time at the office.
-nobody
EVERY DAY is a HOLIDAY

있지도 않은 규칙을 깬
당신의 사진을 찍어서
#notarule
해시태그를 붙여
공유해보세요.